Ik ben niet bang

Niccolò Ammaniti

Ik ben niet bang

Vertaald uit het Italiaans door Els van der Pluijm

Lebowski Publishers, Amsterdam 2011

Eerste druk, 2002
Tweeëntwintigste druk, maart 2011

Oorspronkelijke titel: *Io non ho paura*
Oorspronkelijk uitgegeven door: Giulio Einaudi Editore s.p.a., 2001
© Niccolò Ammaniti, 2001
© Vertaling uit het Italiaans: Els van der Pluijm, 2002
© Nederlandse uitgave: Lebowski Publishers, 2009
Omslagontwerp: Dog and Pony, Amsterdam
Foto auteur: © Grazia Neri / Hollandse Hoogte
Typografie: CeevanWee, Amsterdam

ISBN 978 90 488 0864 9
NUR 302
www.niccoloammaniti.nl
www.lebowskipublishers.nl

Lebowski Publishers is een imprint van Dutch Media Uitgevers bv

lebowski
Dit boek is ook leverbaar als e-book:

978 90 488 0383 5

Dit boek is opgedragen aan mijn zusje Luisa,
die me in de duisternis is gevolgd,
met haar zilveren sterretje
op haar jas gespeld.

Dat was alles wat ik wist. Dat ik in het duister was beland.
En zodra dat tot me was doorgedrongen, wist ik niets meer.
JACK LONDON

I

Net toen ik Salvatore bijna had ingehaald hoorde ik mijn zusje schreeuwen. Ik draaide me om en zag haar verdwijnen, kopje onder in het graan dat de heuvel overdekte.

Ik had haar niet mogen meenemen, mamma zou me vreselijk op mijn kop geven. Ik stopte, helemaal bezweet, haalde diep adem en riep: 'Maria? Maria?'

Ze antwoordde met een zielig stemmetje. 'Michele!'

'Heb je je pijn gedaan?'

'Ja, je moet komen.'

'Waar heb je je pijn gedaan?'

'Mijn been.'

Ze deed maar alsof, ze was moe. Ik loop door, zei ik tegen mezelf. Maar als ze zich nou echt pijn had gedaan?

Waar waren de anderen?

Ik zag hun sporen in het graan. Langzaam klommen ze omhoog, evenwijdig aan elkaar, als de vingers van een hand, naar de top van de heuvel, hele banen geknakte halmen achterlatend.

Het graan stond dat jaar hoog. Tegen het eind van het voorjaar had het overvloedig geregend en half juni waren de korrels dikker dan ooit. De planten stonden dicht op elkaar, met heel veel halmen, rijp voor de oogst.

Alles was overdekt met graan. De lage heuvels volgden op elkaar als de golven van een goudgele oceaan. Tot aan de horizon graan, lucht, krekels, zon en hitte.

Op mijn negende had ik geen idee hoe heet het was, van graden en zo had ik geen verstand, maar dat het niet normaal was wist ik wel.

Die vervloekte zomer van 1978 is nog steeds berucht als een van de heetste van de eeuw. De hitte drong in de stenen, verpulverde de aarde, verschroeide de planten en doodde de dieren, stak de huizen in brand. De tomaten in de moestuin waren droog, de courgettes klein en keihard. De zon benam je de adem, je energie, je zin om te spelen, alles. En 's nachts was het ook niet te harden.

De grote mensen van Acqua Traverse gingen het huis niet uit voor zes uur 's avonds. Ze sloten zich binnen op, de luiken dicht. Alleen wij waagden ons op het zinderende, verlaten land.

Mijn zusje Maria was vijf en liep me overal achterna, met de hardnekkigheid van een straathondje dat uit het asiel is gehaald.

'Ik wil met jou meedoen,' zei ze altijd. Mamma gaf haar gelijk.

'Ben je nou haar grote broer of niet?' En ook al ging ik op mijn kop staan, ik moest haar meeslepen.

Niemand was gestopt om haar te helpen.

Logisch, het was een wedstrijd.

'Recht omhoog de heuvel op. Geen bochten. Verboden om achter elkaar aan te klimmen. Verboden om te stoppen. Wie het laatst boven is krijgt straf.' Dat had de Doodskop beslist, en voor mij had hij met zijn hand over zijn hart gestreken. 'Oké, je zusje doet niet mee, die is te klein.'

'Ik ben niet te klein!' had Maria geprotesteerd. 'Ik wil ook meedoen!' En toen was ze gevallen.

Jammer, ik was derde.

Antonio was de eerste. Zoals altijd.

Antonio Natale, bijgenaamd de Doodskop. Waarom ze hem de Doodskop noemden weet ik niet meer. Misschien omdat hij een keer een schedel op zijn arm had, zo'n plaatje dat je bij de sigarenwinkel kunt kopen en met water op je vel kunt afdrukken. De Doodskop was de oudste van de bende. Twaalf jaar. En hij was de baas. Hij vond het leuk om te commanderen en als je niet luisterde werd hij kwaad. Hij was niet echt pienter, maar wel groot, sterk en een durfal. En hij klauterde als een bulldozer tegen die rotheuvel op.

De tweede was Salvatore.

Salvatore Scardaccione was negen, net als ik. We zaten bij elkaar in de klas. Hij was mijn beste vriend. Salvatore was langer dan ik, een wat eenzelvige jongen. Soms deed hij met ons mee maar meestal ging hij zijn eigen gang. Hij was slimmer dan de Doodskop en had hem makkelijk kunnen overtroeven, maar hij hoefde niet zo nodig de baas te spelen. Zijn vader, advocaat Emilio Scardaccione, was iets belangrijks in Rome en had een hoop geld in Zwitserland. Dat zei iedereen.

Dan kwam ik, Michele. Michele Amitrano. Ook deze keer was ik de derde, ik schoot al lekker op, maar door de schuld van mijn zusje kon ik niet doorgaan.

Ik aarzelde nog of ik terug zou gaan of haar achter zou laten toen ik ontdekte dat ik vierde was. Die slome Remo Marzano had me langs de andere kant van de heuvelrug ingehaald. En als ik niet meteen verder klauterde haalde zelfs Barbara Mura me in.

Dat zou een ramp zijn. Ingehaald worden door een meisje. Door die vetzak.

Barbara Mura klom op handen en voeten omhoog, als een dolle zeug, helemaal bezweet en onder de aarde.

'Wat doe je nou, ga je niet naar je zusje? Heb je haar niet gehoord? Ze heeft zich pijn gedaan, ze huilt,' knorde ze tevreden. Deze ene keer zou zij de straf ontlopen.

'Ik ga al, ik ga al... En ik haal je heus nog wel in.' Zo makkelijk zou ze er niet af komen.

Ik draaide me om en begon omlaag te rennen, met mijn armen zwaaiend en brullend als een Sioux. Mijn leren sandalen gleden weg over de halmen. Een paar keer kwam ik op mijn achterste terecht.

Ik zag haar nergens. 'Maria! Maria! Waar zit je?'

'Michele...'

Kijk! Daar was ze. Klein en ongelukkig. Op een krans van geknakte halmen. Met een hand wreef ze over haar enkel en met de andere hield ze haar bril vast. Haar haar zat op haar voorhoofd geplakt en haar ogen glinsterden. Toen ze me zag trok ze haar mondhoeken omlaag en blies ze zich op als een kalkoen.

'Michele...?'

'Maria, door jouw schuld heb ik verloren! Ik had toch gezegd dat je niet mee mocht, stom kind!' Ik ging zitten. 'Wat is er?'

'Ik ben gestruikeld. Mijn voet doet zeer.' Ze deed haar mond wagenwijd open, kneep haar ogen dicht, schudde haar hoofd en zette een keel op: 'Mijn bril! Mijn bril is kapot!

Ik had haar het liefst een flinke klap gegeven. Het was al de derde keer dat haar bril stuk was sinds de schoolvakantie was begonnen. En wie kreeg dan telkens van mamma op zijn kop?

'Je moet op je zusje letten, jij bent haar grote broer.'

'Mamma, ik...'

'Niks geen mamma ik. Je begrijpt het nog steeds niet, maar het geld groeit niet aan de bomen. De volgende keer dat die bril weer stuk is krijg je zo op je duvel dat je...'

Hij was in het midden gebroken, waar hij al een keer gelijmd was. Je kon hem net zo goed weggooien.

Mijn zusje zat intussen nog steeds jammeren.

'Mamma... wordt boos... Wat moet ik nou?'

'Wat we moeten? Plakband erom. Opstaan, schiet op.'

'Met plakband wordt-ie lelijk. Heel lelijk. Dat wil ik niet.'

Ik stopte de bril in mijn zak. Zonder bril zag Maria niet goed, ze was scheel en de dokter had gezegd dat ze geopereerd moest worden voordat ze groot was. 'Kan mij wat schelen. Ga staan.'

Ze hield op met huilen en haalde haar neus op. 'Mijn voet doet zeer.'

'Waar?' Ik dacht nog steeds aan de anderen, die waren vast al een uur op de heuvel. Ik was de laatste. Het enige wat ik hoopte was dat de Doodskop geen al te zware straf zou bedenken. Toen ik een andere keer had verloren had hij me gedwongen om door de brandnetels te rennen.

'Waar doet het zeer?'

'Daar.' Ze wees op haar enkel.

'Gewoon gekneusd. Niks aan de hand. Gaat zo over.'

Ik maakte haar gymschoen los en trok hem heel voorzichtig uit. Zoals een dokter zou doen. 'Gaat het zo beter?'

'Een beetje. Gaan we naar huis? Ik heb zo'n dorst. En mamma...'

Ze had gelijk. We waren veel te ver weg. En al veel te lang. Het was ver over etenstijd en mamma stond vast voor het raam op de uitkijk.

Er zou bij thuiskomst wel wat zwaaien.

Maar wie had daar een paar uur geleden aan gedacht.

Die ochtend hadden we onze fietsen gepakt.

Meestal maakten we kleine tochtjes, tussen de huizen door, tot waar de velden beginnen bij de droge beekbedding, en dan draaiden we om en hielden we een wedstrijdje.

Mijn fiets was een oud karretje met een opgelapt zadel, en zo hoog dat ik helemaal schuin moest hangen om bij de grond te komen.

Iedereen noemde hem de Scassona. Salvatore zei dat de alpenjagers er zo een hadden. Maar ik vond het gewoon een fijne fiets, hij was van mijn vader geweest.

Als we niet gingen fietsen bleven we in de straat om te voetballen, of diefje met verlos te spelen, of Annemaria koekoek, of om niks te doen onder het afdak van de schuur.

We konden doen wat we wilden. Auto's kwamen er niet langs.

Het was nergens gevaarlijk. En de grote mensen hielden zich koest in de huizen, als padden die wachten tot de hitte over is.

De tijd kroop voorbij. Aan het eind van de zomer snakte iedereen ernaar dat de school weer begon.

Die ochtend waren we weer eens over de varkens van Melichetti begonnen.

Daar hadden we het vaak over, die varkens van Melichetti. Ze zeiden dat de oude Melichetti ze trainde om kippen op te vreten, en soms zelfs de konijnen en de katten die hij onderweg oppikte.

De Doodskop spuugde een klodder wit slijm uit. 'Ik heb het nog nooit aan jullie verteld, omdat ik niks mocht zeggen. Maar nu zeg ik het wel: die varkens hebben de teckel van Melichetti's dochter opgevreten.'

Iedereen riep in koor: 'Nee, niet waar!'

'Wel waar. Ik zweer het bij het hart van de Madonna. Levend, springlevend.'

'Dat kan niet!'

Wat voor beesten moesten dat wel zijn, dat ze zelfs een rashond opaten!

De Doodskop knikte. 'Melichetti heeft hem zelf over de omheining gegooid. Die teckel probeerde nog te ontsnappen, een slim beest, maar de varkens van Melichetti zijn nog slimmer. Hij had geen schijn van kans. Binnen twee seconden was hij er geweest.' Toen voegde hij er nog aan toe: 'Nog erger dan wilde zwijnen.'

Barbara vroeg: 'Waarom heeft hij hem erin gegooid?'

De Doodskop dacht even na. 'Hij had in huis gepiest. En als jij daar terechtkomt, dan vreten ze je kaal tot op het bot, een lekkere kluif.'

Maria stond op. 'Is Melichetti gek?'

De Doodskop spuugde weer op de grond. 'Nog veel gekker dan zijn varkens.'

We zeiden niets meer en stelden ons Melichetti's dochter met haar gemene vader voor. Niemand van ons wist hoe ze heette, maar ze was beroemd omdat ze een soort ijzeren pantser om een van haar benen had.

'We kunnen best gaan kijken,' zei ik voor ik er erg in had.

'Een ontdekkingsreis!' riep Barbara.

'Het is heel ver naar de boerderij van Melichetti, dat kost uren,' bromde Salvatore.

'Helemaal niet, het is vlakbij, kom op...' De Doodskop klom op zijn fiets. Hij liet nooit een gelegenheid voorbijgaan om Salvatore te kleineren.

Ik kreeg een idee. 'Waarom nemen we geen kip uit het kippenhok van Remo mee, dan gooien we die over de omheining bij de varkens, dan kunnen we zien hoe ze hem afkluiven.'

'Gaaf!' De Doodskop gaf zijn goedkeuring.

'Pappa vermoordt me als we een kip meenemen,' jammerde Remo.

Maar er was geen houden meer aan, het was een fantastisch idee.

We gingen het kippenhok in, zochten het magerste en kaalste kippetje uit en stopten het in een zak.

Toen vertrokken we, met ons zessen en de kip, om naar die beruchte varkens van Melichetti te gaan kijken, op de fiets door het graan, en bij elke trap kwam de zon hoger, tot alles zinderde.

Salvatore had gelijk, de boerderij van Melichetti was een heel eind weg. Toen we er waren, stierven we van de dorst en gloeide ons hoofd.

Melichetti zat op een oude schommelstoel onder een scheefgezakte parasol, met een zonnebril op.

De boerderij stond op instorten en het dak was zo goed en zo kwaad als het ging opgelapt met stukken golfplaat en teer. Op het erf stonden overal afgedankte spullen: tractorwielen, een verroeste Bianchina, stoelen zonder zitting, een tafel waar een poot aan ontbrak. Aan een met klimop begroeide houten paal waren door regen en zon verweerde koeienschedels opgehangen. En een kleinere schedel, zonder hoorns. Van wat voor beest zou die zijn?

Een onbestemde kettinghond stond te blaffen, vel over been.

Verder naar achteren stonden golfplaten hokken en de omheining met de varkens, aan de rand van een ravijn.

Ravijnen zijn kleine canyons, lange, door het water in de steen uitgesleten kloven. Witte punten, rotsen en vlijmscherpe tanden steken uit de rode aarde. Er groeien meestal kromme olijven, aardbeibomen en muizendoorns, en er zijn grotten waar herders hun schapen in onderbrengen.

Melichetti leek wel een mummie. Zijn gerimpelde vel hing los om hem heen en hij had nergens haar, behalve een wit plukje midden op zijn borst. Om zijn hals zat een orthopedische kraag, vastgemaakt met groene elastieken, en hij droeg een zwarte korte broek en bruine plastic slippers.

Hij zag ons op onze fietsen aankomen maar verroerde geen vin. We hadden voor hem waarschijnlijk iets van een fata morgana. Er kwam nooit iemand over die weg, hoogstens een enkele vrachtwagen met hooi.

Het stonk naar pis. En er waren millioenen paardenvliegen. Maar Melichetti had er geen last van. Ze gingen op zijn hoofd zitten en om zijn ogen, net als bij koeien. Alleen als ze op zijn mond neerstreken blies hij even.

De Doodskop stapte naar voren. 'We hebben dorst, meneer. Hebt u misschien een beetje water voor ons?'

Ik was er niet gerust op, want een man als Melichetti kon je doodschieten, je voor de varkens gooien of vergiftigd water te drinken geven. Pappa had me verteld over de een of ander in Amerika, die een meertje had waarin hij krokodillen hield, en als je daar stopte om iets te vragen liet hij je binnen, gaf je een klap op je kop en voerde je dan aan de krokodillen. En toen de politie kwam was hij niet naar de gevangenis gegaan maar had hij zich laten opvreten. Je had best kans dat Melichetti er ook zo een was.

De oude man zette zijn zonnebril af.

'Wat doen jullie hier, jongens? Zijn jullie niet een beetje te ver van huis?'

'Is het echt waar dat u uw teckel aan de varkens hebt gevoerd, meneer Melichetti?' flapte Barbara eruit.

Ik ging door de grond. De Doodskop draaide zich om en wierp haar een vernietigende blik toe. Salvatore schopte tegen haar schenen.

Melichetti begon te lachen en moest daardoor zo hoesten dat hij bijna stikte. Toen hij weer bijkwam zei hij: 'Wie heeft je dat soort onzin wijsgemaakt, meisje?'

Barbara wees naar de Doodskop. 'Hij daar!'

De Doodskop kreeg een kleur, boog zijn hoofd en keek naar zijn schoenen.

Ik wist waarom Barbara dat had gezegd.

Een paar dagen geleden hadden we een wedstrijd stenen gooien gehouden en toen had Barbara verloren. Als straf had de Doodskop haar gedwongen haar bloesje los te knopen en haar borst te laten zien. Barbara was elf. Ze had nog nauwelijks tietjes, bobbeltjes, helemaal niks in vergelijking met wat ze over een paar jaar zouden zijn. Ze had geweigerd.

'Als je het niet doet, hoef je niet te denken dat je nog eens met ons mee mag,' had de Doodskop gedreigd. Het had me niet lekker gezeten, die straf was niet eerlijk. Ik vond Barbara niet aardig, zodra ze de kans kreeg probeerde ze je dwars te zitten, maar haar tietjes laten zien, nee, dat ging volgens mij te ver.

De Doodskop had besloten: 'Of je laat ze zien of je gaat weg.'

Zonder iets te zeggen was Barbara haar bloesje los gaan knopen.

Ik kon er niks aan doen, maar ik moest kijken. Het waren de eerste tietjes die ik in mijn leven zag, als ik die van mamma niet meetel. Misschien had ik die van mijn nichtje Evelina gezien, die tien jaar ouder was dan ik en een keer bij ons was komen slapen. In ieder geval had ik me al wel een voorstelling gemaakt van tieten die ik mooi vond, en die van Barbara vond ik helemaal niks. Ze leken op zachte kaasjes, op huidplooien, niet veel anders dan de vetrolletjes die ze op haar buik had.

Dat hele gedoe zat Barbara nog steeds dwars en nu wilde ze de Doodskop met gelijke munt betalen.

'Dus jij strooit het praatje rond dat ik mijn teckel aan de varkens voer.' Melichetti krabde zijn borst. 'Augusto, zo heette die hond. Net als de keizer van Rome. Hij was dertien jaar toen hij doodging. Er was een kippenbotje in zijn keel blijven steken. Hij is begraven als een christenmens, in een fatsoenlijk graf.' Hij stak zijn vinger naar de Doodskop uit. 'Ik durf te wedden dat jij de oudste bent, jochie.'

De Doodskop gaf geen antwoord.

'Je mag nooit leugens vertellen. En nooit de goede naam van anderen bekladden. Je moet de waarheid spreken, vooral tegen iemand die jonger is dan jij. De waarheid, altijd. Tegen de mensen, tegen jezelf en tegen God de Vader, begrepen?' Hij leek wel een priester die een preek houdt.

'Plaste hij dan niet in huis?' drong Barbara aan.

Melichetti probeerde nee te schudden, maar de kraag belette het hem. 'Het was een zindelijke hond, een uitstekende rattenvanger. Moge hij rusten in vrede.' Hij wees naar de bron. 'Als jullie dorst hebben, daar is water. Het beste van de hele omgeving. En dat is geen onzin.'

We dronken tot we bijna barstten. Het water was koel en lekker.

Toen begonnen we elkaar nat te spetten en hielden we onze hoofden onder de straal.

De Doodskop begon er weer over dat Melichetti een viezerik was en dat hij zeker wist dat die ouwe zak zijn teckel aan de varkens had gevoerd.

Hij keek Barbara strak aan en zei: 'Daar zul je voor boeten.' Mopperend liep hij weg om in zijn eentje aan de overkant van de weg te gaan zitten. Salvatore, Remo en ik gingen schrijvertjes vangen. Mijn zusje en Barbara hurkten aan de rand van de bron en staken hun voeten in het water.

Na een paar minuten kwam de Doodskop opgewonden terug.

'Moet je zien! Moet je zien! Moet je zien wat een kanjer!'

We keken om:'Wat is er?'

'Die daar.'

Het was een heuvel.

Het leek wel een suikerbrood. Een kolossaal suikerbrood, door een reus op de vlakte gelegd. Een paar kilometer voor ons stak hij boven alles uit. Goudgeel en enorm. Overdekt met graan, als een vacht. Geen boom, geen uitsteeksel, geen hobbeltje dat het profiel bedierf. De hemel erboven was klam en vaal. De andere heuvels, erachter, leken wel dwergen vergeleken met die geweldige koepel.

Geen idee waarom geen van ons hem eerder had opgemerkt. We hadden hem wel gezien, maar hij was ons niet opgevallen. Misschien omdat hij helemaal één was met het landschap. Misschien omdat we onze ogen alleen hadden gebruikt om de weg naar de boerderij van Melichetti te vinden.

'Laten we erop klimmen.' De Doodskop wees omhoog. 'Laten we naar boven klimmen.'

Ik zei: 'Hoe zou het daar boven zijn.'

Het was vast een fantastische plek, misschien leefde er wel een of ander vreemd beest. Niemand van ons was ooit zo hoog geklommen.

Salvatore hield zijn hand boven zijn ogen en keek naar de heuveltop. 'Wedden dat je daar de zee kunt zien. Ja, we moeten naar boven klimmen.'

Zonder iets te zeggen bleven we staan kijken.

Dat was nog eens een avontuur, wel wat anders dan Melichetti's varkens.

'En dan planten we onze vlag op de top. Als er dan iemand naar boven gaat weet hij meteen dat wij hem voor zijn geweest,' stelde ik voor.

'Wat voor vlag? We hebben geen vlag,' zei Salvatore.

'Dan hangen we die kip op.'

De Doodskop pakte de zak waar de vogel in zat en begon ermee door de lucht te zwaaien. 'Gaaf! We draaien zijn nek om en dan steken we een stok in zijn kont en die zetten we in de grond. Dan blijft alleen het geraamte over. Ik neem hem wel mee naar boven.'

Een gespieste kip zou vast worden aangezien voor een teken dat door heksen was achtergelaten.

Maar de Doodskop had nog een troef achter de hand.

'Recht omhoog de heuvel op. Geen bochten. Verboden om achter elkaar aan te klimmen. Verboden om stil te staan. Wie het laatst boven is krijgt straf.'

We stonden met onze mond vol tanden. Een wedstrijd! Waarom?

Zo klaar als een klontje. Om zich op Barbara te wreken. Die zou als laatste aankomen, dus de klos zijn.

Ik dacht aan mijn zusje. Ik zei dat ze te klein was om mee te doen en dat het niet telde, omdat ze toch zou verliezen.

Barbara schudde met haar vinger van nee. Ze had best door dat de Doodskop een kleine verrassing voor haar in petto had.

'Nou en? Een wedstrijd is een wedstrijd. Ze is met ons meegekomen. Anders moet ze hier beneden op ons wachten.'

Dat kon niet. Ik kon Maria niet alleen laten. Dat verhaal over die krokodillen spookte nog steeds door mijn hoofd. Melichetti was aardig tegen ons geweest, maar je wist maar nooit. Wat moest ik tegen mamma zeggen als hij haar doodmaakte?

'Als mijn zusje hier blijft, blijf ik ook.'

Maria deed ook een duit in het zakje. 'Ik ben niet klein! Ik wil meedoen!'

'Hou je mond!'

De Doodskop kwam met een oplossing. Ze mocht mee, maar zonder wedstrijd. We gooiden de fietsen achter de bron neer en gingen op weg.

Zo was ik dus op die heuvel terechtgekomen.

Ik trok Maria haar schoen weer aan.

'Kun je lopen?'

'Nee, hij doet veel te zeer.'

'Wacht.' Ik blies twee keer op haar been. Daarna stak ik mijn handen in de gloeiendhete aarde, nam er een beetje van, spuugde erop en smeerde het op haar enkel. 'Zo gaat het wel over.' Ik wist best dat het niet werkte. Aarde hielp tegen bijensteken en brandnetelprikken, niet tegen kneuzingen, maar misschien trapte ze erin. 'Gaat het al beter?'

Ze veegde haar neus aan haar mouw af. 'Een beetje.'

'Kun je erop lopen?'

'Ja.'

Ik nam haar bij de hand. 'Dan gaan we, kom op, anders zijn we de laatsten.'

We gingen op weg naar de top. Elke vijf minuten moest Maria gaan zitten om haar been te laten rusten. Gelukkig was er wat wind opgestoken, die het wat draaglijker maakte. Hij ruiste door het graan met een geluid dat wel een zucht leek. Plotseling dacht ik dat ik een beest langs zag glippen. Zwart, snel, geluidloos. Een wolf? Er waren geen wolven bij ons in de buurt. Misschien een vos of een hond.

De helling was steil en er kwam geen eind aan. Het enige dat ik zag was graan, maar toen ik een klein streepje hemel ontdekte wist ik dat het niet veel meer scheelde, dat daar de top was, en voor we het wisten waren we opeens boven.

Er was eigenlijk niet veel aan. Hij was net als alles overdekt met graan. Onder onze voeten dezelfde rode, kokendhete aarde. Boven ons hoofd dezelfde witgloeiende zon. De zee kon je niet zien, maar je zag wel de andere, lagere heuvels, en de boerderij van Melichetti met zijn varkenskotten, en het ravijn, en je zag de witte weg dwars door de velden, de lange weg waar we over hadden gefietst om helemaal hier te komen. En heel, heel klein, kon je het gehucht zien waar wij woonden. Acqua Traverse. Vier huisjes en een oud landhuis, verloren tussen het graan. Lucignano, het naburige dorp, was onzichtbaar door de nevel.

Mijn zusje zei: 'Ik wil ook kijken. Laat mij ook eens kijken.'

Ik zette haar op mijn schouders, al kon ik van vermoeidheid niet meer op mijn benen staan. Ik vroeg me af wat ze zonder bril kon zien.

'Waar zijn de anderen?'

Waar ze langs waren gekomen staken de halmen alle kanten op, waren heel wat stengels halverwege geknakt en sommige gebroken. We volgden de sporen naar de andere kant van de heuvel.

Maria greep mijn hand en zette haar nagels in mijn vel. 'Gatver!'

Ik draaide me om.

Ze hadden het gedaan. Ze hadden het kippetje gespietst. Het stak op de punt van een bamboestengel. Met bungelende poten en gespreide vleugels. Alsof het beest zich, voordat het de geest gaf, aan zijn beulen had overgegeven. Zijn kop hing naar één kant, als een huiveringwekkend, met bloed doordrenkt tegenwicht. Uit zijn halfopen snavel sijpelden dikke rode druppels. En uit zijn borst stak de punt van de bamboestengel. Een zwerm metaalkleurige vliegen gonsde eromheen en krioelde op zijn ogen, op het bloed.

Er liep een rilling over mijn rug.

We liepen door en toen we over de kam van de heuvel waren begonnen we aan de afdaling.

Waar waren de anderen verdomme gebleven? Waarom waren ze aan die kant naar beneden gegaan?

We legden nog zo'n twintig meter af voor we dat in de gaten kregen.

De heuvel was niet rond. Aan de achterkant was hij verre van volmaakt. Daar kreeg hij een soort bochel, die heel geleidelijk afliep tot hij in de vlakte opging. Over het midden ervan liep een smal dal, dat alleen daarboven of vanuit een vliegtuig zichtbaar was.

Je kunt die heuvel makkelijk met klei namaken. Je hoeft alleen maar een bal te maken en die in tweeën te snijden. Eén helft leg je op tafel. Van de andere helft maak je een worst, een soort dikke worm om er aan vast te plakken, en in het midden maak je een gleuf.

Het gekke was dat er in dat dalletje bomen groeiden. Beschut tegen de wind en de zon groeide er een bosje eiken. En door het groene gebladerte schemerde een verlaten huis, een dak vol gaten, met bruine dakpannen en donkere steunbalken.

We gingen over het weggetje omlaag, het kleine dal in.

Het was het laatste dat ik had verwacht. Bomen. Schaduw. Koelte.

Geen krekel meer te horen, wel het gekwetter van vogels. Er groeiden paarse dwergcyclaampjes en hele tapijten van groene klimop. En het rook er lekker. Je kreeg zo zin om een plekje naast een boomstam te zoeken en een dutje te doen.

Opeens dook Salvatore op, als een spook. 'Zie je dat? Goed hè?'

'Super!' antwoordde ik, om me heen kijkend. Misschien was er een beekje waar je uit kon drinken.

'Waarom heb je er zo lang over gedaan? Ik dacht dat je naar beneden was gegaan.'

'Nee, dat kwam doordat mijn zusje pijn aan haar voet had, daarom... Ik heb dorst, ik moet wat drinken.'

Salvatore haalde een fles uit zijn rugzak. 'Er is niet veel meer.'

We deelden het broederlijk met Maria. Je kon er nauwelijks je mond mee spoelen.

'Wie heeft gewonnen?' Ik maakte me zorgen over de straf.

Ik was doodmoe en hoopte dat de Doodskop hem voor één keertje zou kwijtschelden, of uitstellen tot een andere dag.

'De Doodskop.'

'En jij?'

'Tweede, en toen Remo.'

'Barbara?'

'Laatste, zoals altijd.'

'Wie krijgt de straf?'

'De Doodskop zegt dat Barbara straf krijgt. Maar Barbara zegt dat jij aan de beurt bent, omdat jij de laatste was.'

'En?'

'Weet ik niet, ik ben een eindje gaan lopen. Ik word doodziek van die straffen.'

We gingen op weg naar het huis.

Het was een wonder dat het niet instortte. Het stond midden op een open plek van aangestampte aarde, bezaaid met eikentakken. Diepe scheuren van de fundamenten tot het dak. Van de kozijnen waren alleen sporen over. Een grillige vijgenboom overschaduwde de trap naar het balkon. Zijn wortels hadden de stenen treden ontwricht en de balustrade ondergraven. Boven was nog een oude, blauw geverfde deur, door en door vermolmd en afgebladderd door de zon. In het midden bood een grote boog toegang tot een ruimte met een gewelfd plafond. Een stal. Verroeste muurijzers en houten balken stutten de zolder, die op talloze plekken was ingestort. Op de vloer lagen verdroogde mest, as, stapels tegels en brokken kalk. De muren waren het grootste deel van hun pleisterwerk kwijt en toonden de zonder mortel gestapelde stenen.

De Doodskop zat op een regenton. Hij gooide stenen naar een verroeste jerrycan en keek naar ons. 'Je bent er.' En hij voegde er voor de duidelijkheid aan toe: 'Deze plek is van mij.'

'Hoezo?'

'Dit hier is van mij. Ik heb deze plek het eerst gezien. Wie iets het eerst vindt mag het hebben.'

Ik kreeg een duw en kwam bijna met mijn gezicht op de grond terecht. Ik draaide me om.

Barbara, vuurrood, in een smerig T-shirt, haar haren in de war, wierp zich op me en wilde me te lijf gaan. 'Zie je wel. Jij was de laatste. Jij hebt verloren!'

Ik balde mijn vuisten. 'Ik ben teruggegaan. Anders was ik derde geweest. Dat weet je best.'

'Nou en? Je hebt verloren!'

'Wie krijgt de straf?' vroeg ik aan de Doodskop. 'Zij of ik?'

Hij nam alle tijd om te antwoorden, toen wees hij naar Barbara.

'Zie je wel? Zie je wel?' Ik kon de Doodskop wel zoenen.

Barbara begon te stampvoeten. 'Dat is niet eerlijk! Dat is niet eerlijk! Altijd ik weer. Waarom moet hij mij altijd hebben?'

Dat wist ik niet. Maar ik wist wel dat er altijd een is die de klappen krijgt. Op dat moment was dat Barbara Mura, de dikzak, het lam dat de zonden wegneemt.

Ik vond het vervelend maar was wel blij dat ik niet in haar schoenen stond.

Barbara liep stampend als een neushoorn om ons heen.

'Laten we dan stemmen! Hij heeft het toch niet alleen voor het zeggen?'

Zelfs na tweeëntwintig jaar begrijp ik nog steeds niet hoe ze het met ons uithield. Waarschijnlijk uit angst om alleen te zijn.

'Mij best. Laten we maar stemmen,' gaf de Doodskop toe. 'Ik stem voor jou.'

'Ik ook,' zei ik.

'Ik ook,' papegaaide Maria.

We keken naar Salvatore. Niemand mocht zich erbuiten houden als er werd gestemd. Dat was de regel.

'Ik ook,' kwam Salvatore, bijna fluisterend.

'Zie je wel? Vijf tegen een. Je hebt verloren. Jij krijgt straf,' besloot de Doodskop.

Barbara klemde haar lippen op elkaar en balde haar vuisten. Ik zag dat ze een soort tennisbal doorslikte. Ze boog haar hoofd maar huilde niet.

Ik bewonderde haar.

'Wat... moet ik doen?' stamelde ze.

De Doodskop streek langs zijn hals. Zijn smoezelige hersens werkten koortsig.

Even weifelde hij. 'Je moet het... laten zien... Je moet het aan allemaal laten zien.'

Barbara wankelde even. 'Wat moet ik jullie laten zien?'

'Vorige keer heb je ons je tietjes laten zien.' En tegen ons: 'Nu laat ze ons haar spleetje zien. Haar behaarde spleetje. Je doet je onderbroek omlaag en je laat het zien.' Hij begon te grijnzen en dacht dat wij dat ook zouden doen, maar dat was niet zo. We verkilden, alsof er plotseling een windvlaag van de noordpool door het kleine dal joeg.

Die straf was overdreven. Niemand van ons wilde Barbara's spleetje graag zien. Het was voor ons ook een straf. Mijn maag trok samen. Ik wou dat ik heel ver weg was. Het had iets smerigs, iets... Ik weet niet, iets slechts, dat was het. En ik vond het naar dat mijn zusje erbij was.

'Vergeet het maar,' zei Barbara, haar hoofd schuddend. 'Voor mijn part sla je me in elkaar.'

De Doodskop ging staan en liep naar haar toe, de handen in de zakken. Tussen zijn tanden een korenhalm.

Hij ging breeduit voor haar staan, rekte zijn hals. Niet dat hij zoveel groter was dan Barbara. En ook niet veel sterker. Ik had er mijn hand niet voor in het vuur durven steken dat de Doodskop makkelijk zou winnen als Barbara en hij elkaar te lijf gingen. Als ze hem op de grond gooide en boven op hem sprong kon ze hem best laten stikken.

'Je hebt verloren. Nu doe je je broek naar beneden. Dan leer je die rotgeintjes van je wel af.'

'Nee.'

De Doodskop gaf haar een klap in het gezicht.

Barbara trok haar mond open, als een forel, en wreef over

haar wang. Ze huilde nog steeds niet en draaide zich naar ons om.

'En jullie zeggen niks?' jankte ze. 'Jullie zijn net als hij!'

We hielden onze mond stijf dicht.

'Goed dan. Maar jullie zien me nooit meer terug. Dat zweer ik bij het hoofd van mijn moeder.'

'Wat nou, huil je?' De Doodskop genoot mateloos.

'Nee, ik huil niet,' wist ze nog net zonder snikken uit te brengen.

Ze droeg een lange broek van groen katoen, met bruine knielappen, zoals ze op tweedehandsmarkten worden verkocht. Hij zat strak en het vet puilde boven haar ceintuur uit. Ze maakte de gesp los en begon toen aan de knopen.

Ik kon haar witte onderbroek met gele bloemetjes al zien.

'Wacht! Ik was de laatste,' hoorde ik mijn eigen stem zeggen.

Ze draaiden zich allemaal om.

'Ja.' Ik verslikte me bijna. 'Ik doe het wel.'

'Wat?' vroeg Remo.

'De straf.'

'Nee, zij heeft verloren!' beet de Doodskop me toe. 'Het gaat jou niks aan. Hou je kop.'

'Wel waar, het gaat mij wel aan, ik was de laatste. Ik moet straf krijgen.'

'Nee. Dat maak ik wel uit.' De Doodskop kwam op me af.

Ik stond te trillen op mijn benen, maar ik hoopte dat niemand dat doorhad. 'We stemmen opnieuw.'

Salvatore ging tussen mij en de Doodskop in staan. 'We kunnen het overdoen.'

Er golden vaste regels tussen ons en een daarvan luidde dat je een stemming over kon doen.

Ik stak mijn hand op. 'Ik heb verloren.'

Salvatore stak zijn hand op. 'Michele heeft verloren.'

Barbara maakte haar ceintuur weer vast en snikte: 'Hij heeft verloren. Eerlijk waar.'

De Doodskop was totaal overrompeld en keek Remo met een gevaarlijke blik aan. 'En jij?'

Remo haalde diep adem. 'Barbara heeft verloren.'

'Wat moet ik doen?' vroeg Maria.

Ik knikte van ja.

'Mijn broertje.'

En Salvatore zei: 'Vier tegen twee. Michele heeft gewonnen. Hij krijgt de straf.'

Het was niet makkelijk om op de bovenverdieping van het huis te komen.

De trap was verdwenen. Van de treden was niet veel meer over dan een hoop stenen. Het lukte me om via de takken van de vijgenboom omhoog te klauteren. De braamstruiken schramden mijn armen en benen. Mijn rechterwang had ik opengehaald aan een doorn.

Over de balustrade lopen kon ik wel vergeten. Als die instortte kwam ik in een woestenij van brandnetels en wilde rozen terecht.

Het was de straf die ik me zelf op de hals had gehaald door de held uit te hangen.

'Je moet naar de bovenverdieping klimmen en naar binnen gaan, dan door het hele huis heen lopen en uit het raam aan de achterkant in de boom springen en omlaag komen.'

Ik was bang geweest dat de Doodskop me zou hebben gedwongen om mijn piemel te laten zien of een stok in mijn gat te steken, maar in plaats daarvan had hij iets gevaarlijks bedacht, waarbij ik me hoogstens pijn kon doen.

Blij toe.

Ik klemde mijn tanden op elkaar en ging zonder klagen verder. De anderen zaten onder een eik te genieten van het schouwspel van Michele Amitrano die zich te pletter viel.

Zo nu en dan kreeg ik een advies: 'Daar moet je langs.' 'Rechtdoor. Het zit daar vol dorens.' 'Eet maar een braam, dan gaat het wel beter.'

Ik luisterde niet.

Ik stond op het balkon. Er was een smalle ruimte tussen de braamstruiken en de muur. Ik wurmde me ertussendoor en kwam bij de deur. Die was met een ketting afgesloten, maar het door roest aangevreten hangslot was open. Ik duwde tegen een deurhelft en die gaf met metaalachtig geknars mee.

Een wolk van fladderende vleugels. Een zwerm duiven die opvlogen en door een gat in het dak verdwenen.

'Wat zie je? Hoe is het daar?' hoorde ik de Doodskop vragen.

Ik nam niet de moeite hem te antwoorden maar ging naar binnen, goed oplettend waar ik mijn voeten neerzette.

Ik stond in een groot vertrek. Een heleboel dakpannen waren naar beneden gevallen en in het midden hing een van de steunbalken omlaag. In een hoek was een haard met een piramidevormige schouw, zwart van de rook. In een andere hoek waren meubels opgestapeld. Een oude keuken, waarin alles omver lag en verroest was. Flessen. Scherven. Dakpannen. Een kapotte spiraal. Alles zat vol duivenpoep. Er hing een sterke lucht, een zurige stank die tot achter in je neus en je keel doordrong. Op de granieten vloer groeide een hele wildernis aan gras en onkruid. Achter in het vertrek was een dichte, roodgeverfde deur, die natuurlijk toegang gaf tot de andere kamers van het huis.

Daar moest ik doorheen.

Ik zette een voet vooruit, de planken kraakten onder mijn schoenen en de hele vloer golfde. In die tijd woog ik rond de vijfendertig kilo, ongeveer evenveel als een watertank. Ik vroeg me af of een watertank die midden in die kamer werd neergezet door de vloer zou zakken. Dat kon je beter niet proberen.

Om bij de volgende deur te komen was het verstandiger vlak langs de muren te lopen. Met ingehouden adem en op mijn tenen, als een balletdanseres, volgde ik de omtrek van het vertrek. Als de vloer het begaf kwam ik in de stal terecht, na een val van minstens vier meter. Genoeg om al mijn botten te breken.

Maar dat gebeurde niet.

In de volgende kamer, ongeveer even groot als de keuken, was helemaal geen vloer meer. Aan de zijkanten was hij ingestort en er was alleen nog een soort brug tussen mijn deur en die aan de overkant. Van de zes balken die de vloer steunden waren alleen de twee middelste nog heel. De andere waren door houtworm aangevreten boomstammen.

Langs de muren ging niet. Ik moest wel over die brug. De balken die hem nog op zijn plaats hielden waren er vast niet veel beter aan toe dan de andere.

Ik bleef als verlamd in de deuropening staan. Ik kon niet terug. Ze zouden er tot mijn dood over doorzeuren. En als ik me eens liet vallen? Opeens leek die vier meter tussen mij en de stalvloer niet zoveel meer. Ik kon tegen de anderen zeggen dat het onmogelijk was om bij het raam te komen.

Op sommige ogenblikken haalt ons brein rare streken met ons uit.

Zo'n tien jaar later ging ik op zekere dag op de Gran Sasso skiën. Het was geen geschikte dag, het sneeuwde, het was ijzig koud, er stond een gure wind waardoor je oren bevroren, en het mistte. Ik was negentien en had pas een keer geskied. Ik was opgetogen en trok me er niets van aan dat iedereen zei dat het gevaarlijk was, ik wilde gewoon skiën. Ik ben in de skilift geklommen, ingepakt als een eskimo, en op weg gegaan naar de piste.

Het waaide zo hard dat de motor van de installatie automatisch stopte en pas weer op gang kwam als de wind afnam. Hij deed het tien meter en bleef toen een kwartier hangen, vervolgens weer veertig meter vooruit en twintig minuten niks. En zo ging dat maar door. Om gek van te worden. Voorzover ik kon zien was de skilift verder leeg. Heel langzaam raakte ik het gevoel in mijn tenen, mijn oren en mijn vingers kwijt. Ik probeerde de sneeuw van me af te schudden, maar dat was vergeefse moeite, geluidloos en licht viel hij neer, onophoudelijk. Op een gegeven moment werd ik slaperig, werkten mijn hersens trager. Ik verzamelde mijn laatste krachten en zei tegen mezelf dat ik zou sterven als ik in slaap viel. Ik schreeuwde, riep om hulp. Alleen de wind gaf antwoord. Ik keek naar omlaag. Ik hing recht boven een piste. Zo'n tien meter boven de sneeuw. Ik dacht terug aan dat verhaal over die vliegenier die in de oorlog uit zijn brandende vliegtuig was gesprongen. Zijn parachute was niet opengegaan maar hij was niet gestorven, want de zachte sneeuw had hem gered. Tien meter was niet echt veel. Als ik me op de goede manier liet vallen, me niet stijf hield, zou me niets overkomen, die parachutist was ook niets overkomen. Een deel van mijn hersenen herhaalde onophoudelijk: 'Spring! Spring! Spring!' Ik deed de veiligheidsstang omhoog en begon naar voren en naar achteren te zwaaien. Gelukkig zette de stoeltjeslift zich op dat moment weer in beweging en kwam ik tot mezelf. Ik deed de stang weer omlaag. Het was vreselijk hoog. Ik had minstens mijn benen gebroken.

Daar in dat huis overkwam me hetzelfde. Ik wilde springen. Toen herinnerde ik me dat ik in een boek van Salvatore had gelezen dat hagedissen tegen muren op kunnen klimmen omdat ze hun gewicht perfect verdelen. Ze verdelen het over hun poten, hun buik en hun staart, maar mensen alleen over hun voeten, en daarom zakken die weg in drijfzand.

Dat moest ik dus doen.

Ik zakte door mijn knieën, ging plat liggen en begon te schuiven. Bij elke beweging die ik maakte vielen er stukken kalk en plavuizen omlaag. Licht, zo licht als een hagedis, zei ik telkens weer tegen mezelf. Ik voelde de balken trillen. Het kostte me ruim vijf minuten, maar ik kwam veilig en wel aan de overkant.

Ik duwde de deur open. Het was de laatste. Achterin was het raam dat op de binnenplaats uitkeek. Een lange tak groeide tot dicht bij het huis. Het was gelukt. Ook hier was de vloer bezweken, maar alleen voor de helft. De andere helft hield nog stand. Ik gebruikte de bekende techniek. Langs de muren, ertegenaan gedrukt. Beneden zag ik een halfdonkere kamer. De resten van een vuur, open blikken gepelde tomaten en lege pastaverpakkingen. Er moest daar nog niet lang zo geleden iemand zijn geweest.

Zonder verdere hindernissen kwam ik bij het raam. Daar keek ik naar beneden.

Een kleine binnenplaats, omgeven door dichte braamstruiken, en daar achter het bos, dat steeds verder opdrong. Op de grond lag een gebarsten betonnen gootsteen, een verroeste arm van een hijskraan, bergen met klimop overwoekerd puin, een gasfles en een matras.

De tak waar ik op moest springen was dichtbij, minder dan een meter ver. Maar niet dicht genoeg om erop te komen zonder te springen. Hij was zo dik en kronkelig als een anaconda, en meer dan vijf meter lang. Hij zou me wel houden. Als ik aan het eind was vond ik vast een manier om naar beneden te komen. Ik ging op de vensterbank staan, sloeg een kruis en zette af, met mijn armen naar voren, als een gibbon in het Amazonewoud. Ik kwam met mijn buik op de tak terecht en probeerde mijn armen er omheen te slaan, maar hij was vreselijk dik. Ik gebruikte mijn benen, maar die vonden nergens steun. Langzaam gleed ik weg en probeerde me aan de schors vast te klampen.

Mijn redding was binnen handbereik. Op enkele tientallen centimeters afstand zat een iets kleinere tak.

Ik verzamelde al mijn kracht en na een flinke ruk voorwaarts greep ik hem met allebei mijn handen.

Die tak was dood en brak af.

Ik kwam op mijn rug terecht. Zo bleef ik doodstil liggen, met mijn ogen dicht, ervan overtuigd dat ik mijn nek had gebroken. Ik voelde geen pijn. Ik lag languit, versteend, met de tak in mijn handen, en probeerde te begrijpen waarom ik geen pijn voelde. Misschien was ik nu zo'n lamme die zelfs niets voelt als je een sigaret op zijn arm uitdrukt of een vork in zijn bovenbeen steekt.

Ik deed mijn ogen open en tuurde naar de enorme groene parasol van de eik die over me heen boog. Naar het schitteren van de zon door de bladeren. Ik moest proberen mijn hoofd op te tillen. Dat lukte.

Die stomme tak gooide ik weg. Met mijn handen tastte ik de grond af. En ontdekte dat ik op iets zachts lag. De matras.

Ik zag weer voor me hoe ik viel, door de lucht suisde en neerkwam zonder me pijn te doen. Precies op het moment dat ik was neergekomen had er een zacht, gedempt geluid geklonken. Dat had ik gehoord, daar kon ik op zweren.

Ik bewoog mijn voeten en ontdekte onder de bladeren en takken en aarde een groene golfplaat, een stuk dakbedekking van doorschijnend plastic. Het was bedekt, alsof het verborgen moest blijven. En die oude matras was eroverheen gelegd.

Dat plastic had me dus gered. Het had meegegeven en zo mijn val gebroken.

Daaronder moest dus een ruimte zijn.

Dat kon een geheime schuilplaats zijn, of een onderaardse gang die naar een grot vol goud en edelstenen leidde.

Ik ging op mijn knieën zitten en begon tegen de golfplaat te duwen.

Hij was zwaar, maar stukje bij beetje kreeg ik hem opzij. Er steeg een vreselijke strontlucht op.

Ik wankelde, hield mijn hand voor mijn mond en duwde nog eens.

Ik was op een hol terechtgekomen.

Het was donker. Maar hoe verder ik de golfplaat wegduwde, hoe lichter het werd. De wanden waren van aarde, met een schop uitgegraven. De wortels van de eik waren afgehakt.

Ik kreeg de golfplaat nog iets verder weg. Het hol was een paar meter breed en twee, tweeënhalve meter diep.

Het was leeg.

Nee, er lag toch iets.

Een stapel opgerolde vodden?

Nee...

Een beest? Een hond? Nee...

Wat dan?

Het was onbehaard...

Wit...

Een been...

Een been!

Ik maakte een sprong naar achteren en viel bijna.

Een been?

Ik verzamelde al mijn moed en keek even over de rand.

Het was een been.

Ik voelde mijn oren gloeien, mijn hoofd en mijn armen leken loodzwaar.

Mijn hart stond bijna stil.

Ik ging zitten, deed mijn ogen dicht, legde een hand op mijn voorhoofd en haalde diep adem. Het liefst was ik ervandoor gegaan, naar de anderen gerend. Maar dat ging niet. Eerst moest ik nog een keer kijken.

Ik kroop wat dichterbij en stak mijn hoofd naar voren.

Het was een jongensbeen. En er stak een elleboog uit de lappen.

Onder in dat hol lag een jongen.

Hij lag op zijn zij, met zijn hoofd tussen zijn benen.

Hij bewoog niet.

Hij was dood.

Ik bleef maar kijken, ik weet niet hoe lang. Er stond ook een emmer. En een pannetje.

Misschien sliep hij.

Ik pakte een steentje en gooide het naar hem. Het kwam op zijn bovenbeen terecht. Hij bewoog niet. Hij was dood. Morsdood. Mijn nekharen stonden overeind. Ik pakte nog een steentje en raakte zijn hals. Even dacht ik dat hij bewoog. Een lichte beweging van zijn arm.

'Waar zit je? Waar zit je nou? Waar heb je je verstopt, mietje?'

De anderen! De Doodskop liep me te roepen.

Ik pakte de golfplaat en trok net zo lang tot het gat weer bedekt was. Toen strooide ik er opnieuw bladeren en aarde over en legde ik de matras terug.

'Michele, waar zit je?'

Ik liep weg, maar eerst draaide ik me nog een paar keer om, om te controleren of alles op zijn plaats lag.

Ik trapte voort op mijn Scassona.

De zon, achter me, was een reusachtige rode bol, en toen hij eindelijk in het graan verdween liet hij een fel-oranje en paarse gloed achter.

Ze hadden gevraagd hoe het in het huis was gegaan, of het gevaarlijk was geweest, of ik was gevallen, of er vreemde dingen waren, of het moeilijk was geweest om op die boom te springen. Ik heb nauwelijks geantwoord.

Toen iedereen er ten slotte genoeg van had, begonnen we aan de terugweg. Er liep een pad het dal uit, dwars door de okergele velden naar de weg. We hadden de fietsen opgehaald en trapten in stilte voort. Om ons heen gonsden zwermen fruitvliegjes.

Ik keek naar Maria, die op haar Graziella achter me aan reed terwijl haar banden weggleden op de stenen, ik keek naar de Doodskop, helemaal vooraan, met Remo, zijn schildknaap, naast zich, naar Salvatore, die zigzaggend vooruitkwam, en naar Barbara op haar veel te grote Bianchi, en ik dacht aan de jongen in de kuil.

Ik had tegen niemand iets gezegd.

'Wie iets het eerste vindt mag het hebben,' had de Doodskop beslist.

Als dat klopte was die jongen in het hol van mij.

Als ik het vertelde zou de Doodskop, zoals altijd, zeggen dat de ontdekking aan hem te danken was. Dan zou hij aan iedereen vertellen dat hij die jongen had gevonden, omdat hij degene was die had besloten om de heuvel op te klimmen.

Maar deze keer niet. Ik had verloren, ik was uit de boom gevallen en ik had hem gevonden.

Hij was niet van de Doodskop. En ook niet van Barbara. En ook niet van Salvatore. Hij was van mij. Hij was mijn geheime ontdekking.

Ik wist niet of ik een dode of een levende had gevonden. Misschien had die arm niet bewogen, had ik het me maar verbeeld. Of misschien waren het de laatste stuipen van een lijk. Zoals bij wespen, die zelfs als je ze met een schaar doorknipt nog blijven lopen, of zoals kippen, die ook zonder kop nog met hun vleugels slaan. Maar wat deed hij daar?

'Wat zeggen we tegen mamma?'

'Weet ik niet.'

'Zeg jij het van mijn bril?'

'Ja, maar je moet niet vertellen waar we zijn geweest. Als ze dat te weten komt zegt ze natuurlijk dat je je bril hebt gebroken omdat we daar naar boven zijn geklommen.'

'Best.'

'Zweer het.'

'Ik zweer het.' Ze kuste haar vingertoppen.

Tegenwoordig hoort Acqua Traverse bij Lucignano. Halverwege de jaren tachtig heeft een aannemer twee lange rijen huisjes van gewapend beton gebouwd. Kubussen met ronde ramen, blauwe hekjes en betonijzers die nog uit het dak staken. Toen kwam er een Coöp en een bar annex sigarenwinkel. En een geasfalteerde tweebaansweg, die rechttoe rechtaan als een landingsbaan tot aan Lucignano doorloopt.

Maar in 1978 was Acqua Traverse zo klein dat het niets was. Een landelijk dorp zouden ze het tegenwoordig in een reisgids noemen.

Niemand wist waarom het zo heette, zelfs de oude Tronca niet. Water was er niet, behalve dat wat om de twee weken door de tankwagen werd aangevoerd.

Je had de villa van Salvatore, die ze het palazzo noemden.

Een groot huis, in de negentiende eeuw gebouwd, breed en grijs, met een groot hardstenen portiek en een binnenplaats met een palmboom. En dan waren er nog vier andere huizen. Niet bij wijze van spreken. Vier huizen, meer niet. Vier armzalige huizen van stenen en mortel, met dakpannen en kleine raampjes. Dat van ons. Dat van de familie van de Doodskop. Dat van de familie van Remo, die het deelde met de oude Tronca. Tronca was doof en zijn vrouw was dood, hij bewoonde de twee kamers die uitkeken op de moestuin. En dan het huis van Pietro Mura, de vader van Barbara. Angela, zijn vrouw, had beneden een kruidenierswinkeltje waar je brood, pasta en zeep kon kopen. En je kon er opbellen.

Twee huizen aan deze kant, twee aan de overkant. En daartussen een onverharde weg vol kuilen. Er was geen plein. Er waren geen zijstraten. Maar er stonden wel twee banken onder een met druiven begroeide pergola en er was een pomp waarvan de kraan een sleutel had, om geen water te verspillen. Overal om ons heen akkers met graan.

Het enige waar die door God en de mensen vergeten plek op kon bogen was een fraai blauw bord waarop met grote letters ACQUA TRAVERSE stond.

'Pappa is er!' schreeuwde mijn zusje. Ze gooide haar fiets neer en rende de trap op.

Zijn vrachtwagen stond voor ons huis, een Fiat Lupetto, met een groen dekzeil.

Pappa was indertijd vrachtwagenchauffeur en bleef altijd wekenlang weg. Hij haalde vrachten op en bracht die naar het Noorden.

Hij had beloofd dat hij mij ook een keer zou meenemen naar het Noorden. Ik kon me dat Noorden niet erg goed voorstellen. Ik wist dat het Noorden rijk was en het Zuiden arm. Wij waren arm. Mamma zei dat wij, als pappa zo hard bleef werken, binnenkort niet meer arm zouden zijn maar geld genoeg zouden hebben. Dus moesten we niet zeuren als pappa er niet was. Hij deed het voor ons.

Buiten adem kwam ik binnen.

Pappa zat in zijn onderbroek en zijn hemd aan tafel. Voor hem stond een fles rode wijn en tussen zijn lippen bungelde een filtersigaret en mijn zusje zat al op zijn knie. Mamma stond te koken, met haar rug naar ons toe. Het rook naar uien en tomatensaus. De televisie, een enorme zwart-wit Grundig, die pappa een paar maanden eerder had meegebracht, stond aan. De ventilator zoemde.

'Michele, waar hebben jullie de hele dag gezeten? Je moeder wist zich gewoon geen raad. Denken jullie er nou nooit aan dat dat arme mens al op haar man moet wachten en niet ook nog eens op jullie kan wachten? Wat is er met de bril van je zusje gebeurd?'

Hij was niet echt kwaad. Als hij echt kwaad was puilden zijn ogen uit, net als bij een pad. Hij was blij dat hij weer thuis was. Mijn zusje keek naar mij.

'We hebben bij de beek een hut gebouwd.' Ik haalde haar bril uit mijn zak. 'Hij is gebroken.'

Pappa blies een wolk rook uit. 'Kom hier, laat eens zien.'

Pappa was een kleine, magere, nerveuze man. Als hij aan het stuur van de vrachtwagen zat verdween hij er bijna achter. Hij had zwart haar, strak naar achteren gekamd, met brillantine. Zijn baard was stug en op zijn kin al grijs. Hij rook naar sigaretten en eau de cologne.

Ik gaf hem de bril.

'Die kun je net zo goed weggooien.' Hij legde hem op tafel en zei: 'Dan maar geen bril meer.'

Mijn zusje en ik keken elkaar aan.

'Wat moet ik dan?' vroeg Maria ongerust.

'Doe maar zonder. Dan leer je het wel af.'

Mijn zusje was sprakeloos.

'Dat kan niet. Dan ziet ze niks,' kwam ik tussenbeide.

'Wat maakt dat nou uit.'

'Maar...'

'Niks te maren.' En tegen mamma: 'Teresa, geef me dat pakje op het dressoir eens aan.'

Mamma gaf het hem. Pappa pakte het uit en haalde er een stevig, blauwfluwelen etui uit.

'Pak aan.'

Maria maakte het open en er zat een bril met een bruin plastic montuur in.

'Probeer maar.'

Maria zette hem op, maar bleef over het etui aaien.

Mamma vroeg: 'Vind je hem mooi?'

'Ja, prachtig. Dat doosje is hartstikke mooi.' Ze ging zichzelf in de spiegel bekijken.

Pappa schonk nog een glas wijn voor zichzelf in.

'Als je deze ook breekt kun je het de volgende keer wel vergeten, begrepen?' Toen pakte hij mij bij een arm. 'Laat je spierballen eens voelen.'

Ik boog mijn arm zodat ze hard werden.

Hij kneep erin. 'Volgens mij ben je niet vooruitgegaan. Doe je je oefeningen wel?'

'Ja.'

Ik haatte die oefeningen. Pappa wilde dat ik ze deed, omdat ik volgens hem Engelse ziekte had.

'Nietwaar,' zei Maria, 'je doet ze nooit.'

'Soms doe ik ze. Bijna altijd.'

'Kom eens hier.' Ik ging ook op zijn knieën zitten en probeerde hem een zoen te geven. 'Niet zoenen, je bent helemaal vies. Als je je vader een zoen wilt geven moet je je eerst wassen. Teresa, wat doen we, sturen we ze zonder eten naar bed?'

Pappa had een mooie lach, met volmaakt witte tanden. Die heb ik niet van hem geërfd, en mijn zusje evenmin.

Mamma antwoordde zonder dat ze zich zelfs maar omdraaide.

'Lijkt me niet gek! Ik weet niet meer wat ik met die twee aan moet.' Zij was wel woedend.

'Laten we het zo doen. Als ze eten willen, en het cadeautje dat ik heb meegebracht, moet Michele me verslaan met armpje drukken. Anders zonder eten naar bed.'

39

Hij had een cadeautje meegebracht!

'Maak jij maar grapjes...' Mamma was veel te blij dat pappa weer thuis was. Als pappa wegging had ze pijn in haar maag, en hoe langer het duurde hoe minder ze zei. Na een maand viel ze helemaal stil.

'Michele kan je niet verslaan. Dat telt niet,' zei Maria.

'Michele, laat je zusje eens zien wat je kan. En hou je benen gespreid. Als je krom zit verlies je meteen en dan kun je naar je cadeautje fluiten.'

Ik nam de juiste houding aan, klemde mijn tanden op elkaar, greep pappa's hand stevig vast en begon te duwen. Niks. Hij bewoog niet.

'Kom op! Zit daar pudding in plaats van spieren? Je bent nog zwakker dan een fruitvliegje. Laat eens zien hoe sterk je bent, Jezus Christus!'

Ik fluisterde: 'Het gaat niet.'

Het was alsof ik een ijzeren staaf moest buigen.

'Je bent net een meisje, Michele. Maria, help hem eens, kom op!'

Mijn zusje klom op de tafel en samen, met onze tanden op elkaar en hevig snuivend, lukte het ons zijn arm omlaag te krijgen.

'Het cadeautje! Geef ons het cadeautje!' Maria sprong van de tafel. Pappa pakte een kartonnen doos vol proppen krantenpapier. Daar zat het cadeautje in.

'Een schip!' zei ik.

'Dat is geen schip maar een gondel,' legde pappa uit.

'Wat is een gondel?'

'Gondels zijn Venetiaanse schepen. En ze hebben maar één roeispaan.'

'Wat zijn roeispanen?' vroeg mijn zusje.

'Stokken om het schip vooruit te krijgen.'

Hij was heel mooi. Helemaal van zwart plastic, met verzilverde sierrandjes en achterop een pop met een rood-wit gestreept T-shirt en een strohoed op. Maar we begrepen al gauw dat we hem niet mochten vasthouden. Hij was om op de televisie te zetten. En op de televisie, onder de gondel, moest een wit kanten kleedje liggen. Als een soort meertje. Het was geen speelgoed. Het was iets kostbaars. Voor het mooi.

'Wie is er aan de beurt om water te halen? We gaan zo eten,' vroeg mamma.

Papa zat voor de tv naar het nieuws te kijken. Ik was de tafel aan het dekken. 'Maria. Gisteren ben ik gegaan.'

Maria zat met haar poppen in de fauteuil. 'Ik heb geen zin, ga jij maar.'

We hadden er allebei een hekel aan om naar de pomp te gaan, dus deden we het om beurten, om de dag. Maar pappa was weer thuis, wat voor mijn zusje betekende dat de regels niet meer golden.

Ik deed nee! met mijn vinger. 'Jouw beurt.'

Maria sloeg haar armen over elkaar. 'Ik ga niet.'

'Waarom niet?'

'Ik heb hoofdpijn.'

Altijd als ze geen zin had om iets te doen zei ze dat ze hoofdpijn had. Haar meest geliefde smoesje.

'Nietwaar, je hebt nergens last van, leugenaarster.'

'Wel waar!' En ze begon met een gepijnigde uitdrukking op haar gezicht over haar voorhoofd te wrijven.

Ik had veel zin om haar te kelen. 'Zij is aan de beurt! Zij moet gaan!'

Mamma was het zat en duwde me de kan in mijn handen. 'Ga jij maar, Michele, jij bent de oudste. Maak niet zo'n drukte,' zei ze, alsof het niets was, alsof het niets uitmaakte.

Om de lippen van mijn zusje verscheen een brede grijns. 'Zie je nou wel?'

'Het is niet eerlijk. Ik ben gisteren al gegaan. Ik ga niet.'

Op de bijtende toon die ze altijd aansloeg voordat ze woedend uitviel, zei mamma: 'Doe wat er gezegd wordt, Michele.'

'Nee.' Ik ging naar pappa om te klagen. 'Pappa, ik ben niet aan de beurt, ik ben gisteren gegaan.'

Hij maakte zijn ogen los van de televisie en keek me aan alsof hij me voor het eerst zag. Hij wreef over zijn kin: 'Weet je hoe strootje trekken gaat?'

'Nee, hoe dan?'

'Weet je wat soldaten in de oorlog deden om te bepalen wie een levensgevaarlijke opdracht moest uitvoeren?' Hij haalde een doosje lucifers uit zijn zak en liet ze me zien.

'Nee, weet ik niet.'

'Je neemt drie lucifers,' hij haalde ze uit het doosje, 'een voor jou, een voor mij en een voor Maria. Van een breek je de kop af.' Hij pakte er een en brak hem, daarna klemde hij ze alle drie in zijn vuist en liet hij de stokjes eruit steken. 'Wie de lucifer zonder kop trekt gaat water halen. Kies er maar een, vooruit.'

Ik trok een hele en maakte een sprongetje van blijdschap.

'Maria, nu jij. Kom hier.'

Mijn zusje trok ook een hele en klapte in haar handen.

'Dan ben ik de klos.' Pappa trok de afgebroken lucifer.

Maria en ik begonnen te lachen en riepen: 'Jij bent! Jij bent! Jij hebt verloren! Jij hebt verloren! Ga jij maar water halen!'

Enigszins bedremmeld stond pappa op. 'Als ik terug ben zijn jullie gewassen. Duidelijk?'

'Wil je dat ik ga? Je bent moe,' zei mamma.

'Dat kun jij niet. Het is een levensgevaarlijke opdracht. En ik moet sigaretten uit de vrachtwagen halen.' Hij liep het huis uit, met de kan in zijn handen.

We wasten ons, aten pasta met tomaat en omelet en daarna gaven we pappa en mamma een zoen en gingen naar bed, zelfs zonder te zeuren of we televisie mochten kijken.

Midden in de nacht werd ik wakker. Door een akelige droom.

Jezus zei tegen Lazarus: sta op en wandel. Maar Lazarus stond niet op. Sta op en wandel, herhaalde Jezus. Lazarus had eigenlijk helemaal geen zin om te verrijzen. Jezus, die op Severino leek, de bestuurder van de tankauto met water, werd kwaad. Het was een rare vertoning. Als Jezus tegen je zegt: sta op en wandel, dan moet je dat doen, zeker als je dood bent. Maar Lazarus bleef languit liggen, helemaal verschrompeld. Toen begon Jezus hem heen en weer te schudden, als een pop, en eindelijk stond Lazarus op en toen zette hij zijn tanden in Jezus' keel. Laat de doden met rust, zei hij, met lippen die dropen van het bloed.

Ik sperde mijn ogen wijd open, nat van het zweet.

Die nachten was het zo warm dat het, als je per ongeluk wakker werd, niet meeviel om weer in slaap te komen. De kamer van mij en mijn zusje was smal en langwerpig. Het was een stuk van de gang. De twee bedden waren in de lengte neergezet, achter elkaar, onder het raam. Aan de ene kant was de muur, aan de andere zo'n dertig centimeter ruimte om je te bewegen. Verder was die kamer wit en kaal.

's Winters was het er koud en 's zomers stikheet.

De warmte die overdag door de muren en het plafond werd opgenomen, kwam 's nachts vrij. Ik had het gevoel dat mijn kussen en mijn wollen matras regelrecht uit de oven kwamen.

Achter mijn voeten zag ik het donkere hoofdje van Maria. Ze sliep met haar bril op, op haar rug, volkomen ontspannen, armen en benen gespreid.

Ze zei altijd dat ze bang was als ze zonder bril wakker werd. Meestal haalde mamma hem weg zodra ze sliep, omdat hij anders afdrukken op haar gezicht achterliet.

De muggenverdelger op de vensterbank produceerde een dikke, giftige walm waar de muggen van doodgingen en die voor ons ook niet erg gezond was. Maar in die tijd maakte niemand zich druk om dat soort dingen.

Naast onze slaapkamer lag die van onze ouders. Ik hoorde het gesnurk van pappa. Het gezoem van de ventilator. Het benauwde ademen van mijn zusje. De monotone roep van een uil. Ik rook de rioollucht die uit de wc kwam.

Ik ging op mijn knieën op bed zitten en leunde uit het

raam om een beetje lucht te krijgen. Het was volle maan. De maan stond hoog en scheen helder. Je kon heel ver kijken, alsof het dag was. Het leek wel of de akkers licht gaven. Geen zuchtje wind. De huizen waren donker en stil.

Misschien was ik de enige in heel Acqua Traverse die wakker was. Dat vond ik prachtig.

Die jongen zat in dat hol. Ik stelde me voor hoe hij daar dood op de grond lag. Kakkerlakken, luizen en duizendpoten die over hem heen krioelden, over zijn bloedeloze huid, en wormen die uit zijn blauwige lippen kropen. Zijn ogen zagen eruit als twee hardgekookte eieren.

Ik had nog nooit een dode gezien. Alleen oma Giovanna. Op haar bed, met haar armen gekruist, in een zwarte jurk en met zwarte schoenen aan. Haar gezicht leek wel van rubber. Zo geel als was. Pappa had tegen me gezegd dat ik haar moest zoenen. Iedereen had gehuild. Pappa had me naar voren geduwd. Ik had mijn lippen op haar koude wang gedrukt. Om haar heen hing een akelige, weeë lucht, die zich vermengde met de geur van de kaarsen. Na afloop had ik mijn mond met zeep gewassen.

Maar als die jongen nou nog leefde?

Als hij er nou eens uit wilde en met zijn vingers over de wanden van het hol krabde en om hulp riep? Als hij nou eens door een monster was gepakt?

Ik keek naar buiten en zag de heuvel aan het eind van de vlakte. Hij scheen uit het niets op te doemen en stak omhoog zoals een eiland uit de zee oprijst, heel hoog en zwart, met zijn geheim dat op mij wachtte.

'Michele, ik heb dorst...' Maria was wakker geworden. 'Wil je me een glaasje water geven?' Ze praatte met haar ogen dicht en ging met haar tong over haar droge lippen.

'Wacht even...' Ik ging staan.

Ik durfde de deur niet open te doen. Als oma Giovanna nu eens aan tafel zat, met die jongen? En als ze dan tegen me zei: kom hier, ga zitten, wat eten we? En als die gespietste kip dan op de schaal lag?

44

Er was niemand. Een straaltje maanlicht viel op de oude gebloemde bank, op het dressoir met de witte borden, op de vloer van zwart-wit graniet, kroop stiekem de slaapkamer van pappa en mamma in en klauterde het bed op. Ik zag hun met elkaar verstrengelde voeten. Toen deed ik de koelkast open en haalde er een kan met koud water uit. Ik hield hem even tegen me aan en schonk een glas voor mijn zusje vol, die het in één teug leegdronk. 'Bedankt.'

'En nu slapen.'

'Waarom heb jij de straf gedaan in plaats van Barbara?'

'Weet ik niet...'

'Vond je het niet leuk dat ze haar broek omlaag deed?'

'Nee.'

'En als ik het had moeten doen?'

'Wat?'

'Mijn broek omlaag. Zou je dat ook voor mij doen?'

'Ja.'

'Welterusten. Ik zet mijn bril af.' Ze deed hem in het etui en klemde het kussen tegen zich aan.

'Welterusten.'

Ik bleef nog een hele tijd met mijn ogen op het plafond gericht liggen voordat ik weer in slaap viel.

Pappa ging niet meer weg.

Hij was teruggekomen om te blijven. Hij had tegen mamma gezegd dat hij de snelweg voorlopig niet meer wilde zien en dat hij zich met ons zou bemoeien.

Misschien zou hij ons op een keer meenemen om in zee te gaan zwemmen.

2

Toen ik wakker werd sliepen mamma en pappa nog. Ik slokte wat melk en brood met marmelade naar binnen, ging het huis uit en pakte mijn fiets.

'Waar ga je heen?' Maria stond in haar onderbroek op de trap en keek naar me.

'Een eindje rijden.'

'Waarheen?'

'Weet ik niet.'

'Ik wil mee.'

'Nee.'

'Ik weet best waar je heen gaat... Je gaat de berg op.'

'Nee. Daar ga ik niet heen. Als pappa en mamma het vragen zeg je maar dat ik een rondje maak en zo terug ben.'

Alweer zo'n bloedhete dag.

Om acht uur 's morgens stond de zon nog laag, maar hij begon de vlakte al te verschroeien. Ik nam dezelfde weg die we de vorige middag hadden genomen en dacht nergens aan, fietste door wolken stof en insecten en probeerde er snel te zijn. Ik nam de weg door de velden, die onder langs de heuvel liep en in het dal uitkwam. Zo nu en dan vlogen eksters met zwart-witte staarten uit het graan op. Ze zaten achter elkaar aan, maakten ruzie en scholden elkaar met hun schelle gekras uit. Een valk cirkelde roerloos rond, gedragen door warme luchtstromen. Ik zag zelfs een rode haas met zijn lange oren voor me wegschieten. Ik kwam maar met moeite vooruit, ging op de trappers staan, mijn wielen gleden weg over stenen en bonken droge aarde. Hoe dichter ik bij het huis kwam hoe hoger de heuvel voor me werd, en hoe zwaarder de steen die op mijn maag lag en me de adem benam.

En als ik boven aankwam en er waren heksen en een reus?

Ik wist dat heksen 's nachts in verlaten huizen bij elkaar kwamen en feest vierden, en als je meedeed werd je gek. En dat reuzen kinderen opaten.

Ik moest uitkijken. Als zo'n reus me te pakken kreeg zou hij me ook in een hol stoppen en stukje bij beetje opeten. Eerst een arm, dan een been, en zo verder. En niemand zou er iets van weten. Mijn ouders zouden vreselijk huilen. En iedereen maar zeggen: 'Michele was zo lief, wat erg nou!' Mijn ooms en tantes zouden komen, en mijn nichtje Evelina, op haar blauwe Giulietta. De Doodskop zou natuurlijk niet huilen, kun je net denken, en Barbara ook niet. Mijn zusje en Salvatore wel.

Ik wilde niet doodgaan. Al zou ik wel graag bij mijn begrafenis zijn.

Ik hoefde niet naar boven. Wat was er in me gevaren?

Ik keerde mijn fiets en ging op weg naar huis. Na zo'n honderd meter remde ik.

Wat zou Tiger Jack in mijn plaats hebben gedaan?

Die zou nog niet omkeren als Manitu in eigen persoon daar bevel toe gaf.

Tiger Jack.

Dat was iemand van wie je opaan kon. Tiger Jack, de indiaanse vriend van Tex Willer.

Tiger Jack zou die heuvel nog wel op gaan als er een internationale bijeenkomst van alle heksen, boeven en reuzen uit de hele wereld was, omdat hij een Navajo-indiaan was, en zo onverschrokken, onzichtbaar en geluidloos als een poema, en goed kon klimmen en goed kon afwachten tot hij zijn vijanden met zijn dolk kon steken. Ik ben Tiger, of nee, ik ben de Italiaanse zoon van Tiger, zei ik tegen mezelf.

Jammer dat ik geen dolk had, of een boog of een Winchester.

Ik verstopte mijn fiets, zoals Tiger met zijn paard zou hebben gedaan, dook het graan in en ging op handen en voeten verder, tot mijn benen als harde stukken hout aanvoelden en mijn armen gevoelloos waren. Daarom ging ik op mijn tenen verder, net als een fazant, naar rechts en links kijkend.

Toen ik bij het dal was bleef ik een paar minuten staan om op adem te komen, tegen een boomstam geleund. Als een Sioux sloop ik van boom tot boom, een schim. Mijn oren gespitst om elke verdachte kreet, ieder geluid op te vangen. Maar ik hoorde alleen hoe het bloed in mijn slapen klopte.

Weggedoken achter een struik bespioneerde ik het huis.

Het was vredig en stil. Er leek niets veranderd. Als er al heksen waren geweest hadden ze alles weer netjes opgeruimd.

Ik wurmde me langs de braamstruiken en kwam weer op de binnenplaats.

Daar was het hol, verstopt onder de golfplaat en de matras. Ik had het niet gedroomd.

Ik kon hem niet goed zien. Het was donker en het barstte van de vliegen en er steeg een walgelijke stank op.

Ik knielde op de rand.

'Leef je nog?'

Niks.

'Leef je nog? Hoor je me?'

Ik wachtte even, toen gooide ik een steentje. Ik raakte zijn voet. Een magere, smalle voet met zwarte tenen. Een voet die geen millimeter bewoog.

Hij was dood. En hij zou pas opstaan als Jezus het hem persoonlijk beval.

Ik kreeg er kippenvel van.

Dode honden en katten had ik nooit zo eng gevonden. Hun vacht maakt de dood onzichtbaar. Maar van dit lijk, spierwit, met een arm opzij en het hoofd naar de muur, griezelde ik. Er was geen bloed, niks. Alleen een levenloos lichaam in een verlaten hol.

Het had niets menselijks meer.

Ik moest zijn gezicht zien. Het gezicht is het allerbelangrijkste. Aan een gezicht kun je alles zien.

Maar ik durfde niet naar beneden te klimmen. Ik zou hem met een stok kunnen omdraaien. Een behoorlijk lange stok, dat was wat ik nodig had. Ik liep de stal in en vond er een paal, maar die was te kort. Ik ging weer terug. Er kwam een deurtje op de binnenplaats uit dat met een sleutel dichtzat. Ik probeerde het open te duwen maar het gaf niet mee, al zag het er vervallen uit. Boven de deur zat een raampje. Ik klauterde omhoog, me vasthoudend aan de deurstijlen, en wrong me naar binnen, met mijn hoofd naar voren. Een paar kilo erbij, of zo'n achterste als dat van Barbara, en ik was er niet doorheen gekomen.

Ik stond in de kamer die ik had gezien toen ik de brug overstak, met de pastaverpakkingen, de open blikken gepelde tomaten, en lege bierflesjes. De resten van een vuur. Kranten. Een matras. Een jerrycan met water. Een plastic tas. Ik had hetzelfde gevoel als de vorige dag: dat er regelmatig iemand kwam. Die kamer was niet onbewoond, zoals de rest van het huis.

Er stond een grote doos onder een grijze doek. Daarin vond ik een touw met een ijzeren haak eraan.

Daarmee kan ik beneden komen, dacht ik.

Ik pakte het, gooide het door het raampje en ging weer naar buiten.

Op de grond lag de verroeste arm van de hijskraan. Ik knoopte het touw eromheen. Maar ik was bang dat het los zou gaan en dat ik samen met de dode in het hol zou achterblijven. Ik legde er drie knopen in, zoals pappa met het dekzeil van de vrachtauto deed. Ik trok met al mijn kracht, het hield. Toen gooide ik het in het hol.

'Ik ben nergens bang voor,' fluisterde ik om mezelf moed in te spreken, maar mijn knieën knikten en een stem in mijn hoofd schreeuwde dat ik niet moest gaan.

Doden doen niks, zei ik tegen mezelf, sloeg een kruis en liet me zakken.

Het was daar veel koeler.

Het vel van de dode was smerig, vol korsten modder en stront. Hij was bloot. Even lang als ik, maar magerder. Vel over been. Zijn ribben staken uit. Hij was waarschijnlijk van mijn leeftijd.

Met de neus van mijn schoen raakte ik zijn hand aan, maar hij gaf geen teken van leven. Ik lichtte de deken op die zijn benen bedekte. Om zijn rechterenkel zat een dikke ketting, die vastzat met een hangslot. Zijn vel was geschaafd en rood. Uit het vlees droop een doorschijnende, dikke vloeistof op de verroeste schakels van de ketting, die aan een in de grond verankerde ring vastzat.

Ik wilde zijn gezicht zien. Maar ik durfde zijn hoofd niet aan te raken. Ik vond hem griezelig.

Ten slotte stak ik aarzelend mijn hand uit, pakte met twee vingers een hoekje van de deken en probeerde die net van zijn gezicht te trekken toen de dode zijn been optrok.

Ik balde mijn vuisten en sperde mijn mond open en de angst omklemde mijn ballen met een ijzige greep.

Toen richtte de dode zijn bovenlijf op, alsof hij leefde, en stak hij met zijn ogen dicht zijn armen naar me uit.

Mijn haren stonden recht overeind, ik gaf een gil, maakte een sprong achteruit, struikelde over de emmer en de stront plensde over me heen. Keihard schreeuwend kwam ik op mijn rug terecht.

Ik rolde door de stront. Toen, eindelijk, kreeg ik met een wanhopige ruk het touw te pakken en schoot ik als een gek geworden vlo dat hol uit.

Ik trapte maar door, bonkte over kuilen en irrigatiegoten, met het risico dat mijn rug brak, maar ik remde niet. Mijn hart barstte bijna, mijn longen stonden in brand. Toen ik een hoge hobbel nam vloog ik door de lucht. Ik kwam verkeerd terecht, sleepte met een voet over de grond en kneep hard in de remmen, maar dat maakte het nog erger. Mijn voorwiel blokkeerde en ik schoof naar de greppel aan de kant van de weg. Met trillende benen ging ik weer staan en ik bekeek mezelf. Een knie was zo geschaafd dat het bloedde, mijn T-shirt zat onder de stront en een leren bandje van mijn sandaal was gebroken.

Rustig ademhalen, zei ik tegen mezelf.

Ik haalde diep adem en voelde hoe mijn hart bedaarde, hoe mijn adem weer normaal werd, en plotseling kreeg ik slaap.

Ik ging liggen en deed mijn ogen dicht. Onder mijn oogleden was alles rood. De angst was er nog wel, maar het was niet veel meer dan een brandend gevoel in mijn maag. De zon verwarmde mijn koude armen. De krekels sjirpten in mijn oren. Mijn knie klopte.

Toen ik mijn ogen weer opendeed wandelden er grote zwarte mieren over me heen.

Hoe lang had ik geslapen? Het kon evengoed vijf minuten als twee uur zijn geweest.

Ik klom op mijn Scassona en ging op weg naar huis. Onder het fietsen zag ik steeds hoe de dode jongen zijn handen naar me uitstak. Dat uitgemergelde gezicht, die dichte ogen en die wijd open mond verschenen telkens weer voor mijn ogen.

Het leek intussen allemaal een droom. Een nachtmerrie die geen kracht meer had.

Hij leefde. Hij had alleen maar gedaan of hij dood was. Waarom?

Misschien was hij ziek, misschien was hij een monster.

Een weerwolf.

's Nachts werd hij een wolf. Ze hielden hem daar aan de

ketting omdat hij gevaarlijk was. Op de televisie had ik een film gezien over een man die, als het volle maan was, 's nachts in een wolf veranderde en mensen aanviel. De boeren zetten een val en de wolf kwam erin terecht en een jager schoot hem neer en de wolf ging dood en werd weer een man. Het was de apotheker. En de jager was de zoon van de apotheker.

Ze hadden die jongen onder een met aarde bedekte golfplaat aan de ketting gelegd zodat hij geen last had van het maanlicht.

Weerwolven kun je niet genezen. Om ze te doden heb je een zilveren kogel nodig.

Maar weerwolven bestonden niet.

'Hou op over die monsters, Michele. Monsters bestaan niet. Spoken, weerwolven en heksen zijn allemaal verzonnen om sukkels zoals jij de stuipen op het lijf te jagen. Voor mensen moet je bang zijn, niet voor monsters,' had pappa op een dag gezegd toen ik hem had gevraagd of monsters onder water konden ademhalen.

Maar als ze hem daar verstopt hadden, was daar vast een reden voor.

Pappa zou het me allemaal wel uitleggen.

'Pappa! Pappa...' Ik duwde de deur open en stormde naar binnen. 'Pappa! Moet je horen...' De rest bestierf me op de lippen.

Hij zat in de leunstoel, met de krant in zijn handen, en keek me met uitpuilende ogen aan. Zo erg had ik ze nooit meer zien uitpuilen sinds de dag dat ik het Lourdeswater had opgedronken omdat ik dacht dat het prikwater was. Hij drukte zijn peuk in zijn koffiekopje uit.

Mamma zat op de bank te naaien, tilde haar hoofd op en liet het weer zakken.

Pappa snoof heel diep en zei: 'Waar heb jij de hele dag gezeten?' Hij bekeek me van top tot teen. 'Heb je jezelf al gezien? Waar heb jij verdomme doorheen liggen rollen?'

53

Hij trok een vies gezicht. 'Door de stront? Je stinkt als een varken! Je hebt zelfs je sandalen gescheurd!' Hij keek op de klok. 'Weet je wel hoe laat het is?'

Ik gaf geen kik.

'Ik zal het je vertellen. Tien voor halfvier. Bij het middageten heb je je niet laten zien. Niemand wist waar je uithing. Ik ben je helemaal in Lucignano gaan zoeken. Gisteren heb ik het nog door de vingers gezien, maar dat gebeurt vandaag niet.'

Als pappa zo razend was schreeuwde hij niet, dan praatte hij heel zachtjes. Daar was ik doodsbang voor. En ik moet nog steeds niets hebben van mensen die hun woede niet uiten.

Hij wees naar de deur. 'Als jij zo graag je eigen zin doet kun je beter gaan. Ik heb schoon genoeg van je. Ga maar weg.'

'Wacht nou, ik moet je iets vertellen.'

'Jij hoeft mij helemaal niets te vertellen, weg jij.'

Ik smeekte. 'Pappa, het is belangrijk...'

'Als je niet binnen drie seconden weg bent, kom ik uit mijn stoel en dan schop ik je helemaal tot het bord met Acqua Traverse.' Plotseling verhief hij zijn stem. 'Maak dat je wegkomt!'

Ik knikte van ja en kreeg veel zin om te huilen. De tranen sprongen in mijn ogen, ik deed de deur open en ging de trap af, klom weer op de Scassona en reed naar de beek.

De beek stond altijd droog, behalve 's winters, als het hard regende. Als een lange, witte waterslang kronkelde hij tussen de gele velden door. Een bedding van scherpe witte stenen, gloeiendhete rotsblokken en plukken gras.

Na een steil stuk tussen twee heuvels verbreedde de beek zich tot een poel die 's zomers opdroogde tot een zwarte modderplas.

'Het meer', noemden we die.

Er zat geen vis, ook geen kikkervisjes, alleen muggenlarven en schrijvertjes. Als je je voeten erin stak en ze er dan weer uithaalde, zaten ze vol donkere, stinkende blubber.

Daar gingen we heen voor de johannesbroodboom.

Die was groot en oud en je kon er makkelijk in klimmen. We droomden ervan bovenin een huis te timmeren. Met een deur, een dak, een touwladder en heel de rest. Maar we hadden nooit de goede planken en spijkers kunnen vinden, en we wisten ook niet hoe we het moesten aanpakken. De Doodskop had er op een keer een spiraal in gehesen. Maar daar zat je vreselijk ongemakkelijk op. Je haalde je vel eraan open en scheurde je kleren. En als je te veel bewoog belandde je op de grond.

De laatste tijd klom er echter niemand meer in de johannesbroodboom. Maar ik vond het nog steeds leuk. Je zat daarboven lekker in de schaduw, onzichtbaar tussen de bladeren. Je kon heel ver kijken, alsof je in het topje van de mast op een schip zat. Acqua Traverse was een vlekje, een eenzaam stipje tussen het graan. Je kon de weg naar Lucignano in de gaten houden. Daarvandaan kon ik het groene dekzeil van pappa's vrachtwagen het eerst van allemaal zien.

Ik klauterde naar mijn geliefde plekje, schrijlings in de vork van een dikke tak, en besloot dat ik nooit meer naar huis terug zou gaan.

Als pappa genoeg van me had, als hij een hekel aan me had, moest hij dat zelf maar weten, dan bleef ik gewoon hier. Ik kon best zonder familie, net als weeskinderen.

'Ik heb schoon genoeg van je, maak dat je wegkomt!'

Mij best, zei ik tegen mezelf. Maar als ik niet terugkom zul je wel anders piepen. En dan kom je hier onder de boom staan om te vragen of ik terugkom maar dan kom ik niet en dan vraag jij of ik toch alsjeblieft wil komen en dan kom ik nog niet en dan snap je wel dat je stom bent geweest en dat je zoon niet terugkomt en voortaan in de boom woont.

Ik deed mijn T-shirt uit, leunde met mijn rug tegen de

stam, met mijn hoofd in mijn handen, en keek naar de heuvel van het jongetje. Die lag ver weg, aan het eind van de vlakte, en ernaast ging de zon onder. Een fel oranje schijf die de kleur van de wolken en de hemel in roze veranderde.

'Michele, kom naar beneden!'

Ik werd wakker en deed mijn ogen open.

Waar was ik?

Het duurde even voor ik besefte dat ik met opgetrokken knieën in de johannesbroodboom zat.

'Michele!'

Onder de boom stond Maria, op haar Graziella. Ik geeuwde: 'Wat wil je?' Ik rekte me uit. Mijn rug was gebroken.

Ze stapte van haar fiets. 'Mamma zei dat je thuis moet komen.'

Ik trok mijn T-shirt weer aan. Het begon af te koelen. 'Nee, zeg maar dat ik niet terugkom. Ik blijf hier!'

'Mamma zei dat het eten klaar is.'

Het was al laat. Het was nog een beetje licht, maar binnen een halfuur zou het nacht zijn. Dat vond ik niet zo prettig.

'Zeg maar dat ik hun zoon niet meer ben en dat jij nu hun enige kind bent.'

Mijn zusje fronste haar wenkbrauwen. 'En ben je dan ook mijn broertje niet meer?'

'Nee.'

'Is de kamer dan voor mij alleen en mag ik dan ook de stripboeken pakken?'

'Nee, dat heeft er niks mee te maken.'

'Mamma zei dat als jij niet komt, zij wel komt en je een pak slaag geeft.' Ze wenkte dat ik naar beneden moest komen.

'Kan mij wat schelen. Ze kan toch niet in de boom klimmen.'

'Welles. Mamma is zo boven.'

'Dan gooi ik stenen naar haar.'

Ze ging op haar zadel zitten. 'Kijk maar uit, ze wordt woest.'

'Waar is pappa?'

'Die is er niet.'

'Waar is hij dan?'

'Hij is weggegaan, hij komt pas laat terug.'

'Waarheen?'

'Weet ik niet. Kom je?'

Ik rammelde van de honger. 'Wat eten we?'

'Puree met ei,' zei ze terwijl ze wegreed.

Puree met ei. Dat vond ik allebei zalig. Vooral als ik het door elkaar deed en het een lekker prakje werd.

Ik sprong uit de boom naar beneden. 'Oké, ik kom, maar alleen voor vanavond.'

Onder het eten zei niemand iets.

Het leek wel of er een dode in huis was. Mijn zusje en ik zaten aan tafel te eten.

Mamma waste af. 'Als jullie klaar zijn gaan jullie als de bliksem naar bed.'

Maria vroeg: 'En de televisie dan?'

'Niks geen televisie. Straks komt jullie vader terug en als hij ziet dat jullie nog op zijn zwaait er wat.'

Ik vroeg: 'Is hij nog erg kwaad?'

'Ja.'

'Wat zei hij?'

'Hij zei dat hij je volgend jaar naar de broeders brengt als je zo doorgaat.'

Zodra ik maar even iets verkeerd deed wilde pappa me naar de broeders sturen.

Salvatore ging zo nu en dan met zijn moeder naar het San Biagioklooster, omdat zijn oom daar overste was. Op een dag had ik Salvatore gevraagd hoe het bij de broeders toeging.

'Vreselijk,' had hij geantwoord. 'Je bent de hele dag aan

het bidden en 's avonds sluiten ze je op in een kamer en als je moet pissen mag je niet en zelfs als het koud is moet je van hen sandalen aan.'

Ik haatte die broeders, maar ik wist dat ik er nooit heen zou gaan, omdat pappa ze nog erger haatte dan ik en zei dat het zwijnen waren.

Ik zette mijn bord in de gootsteen. 'Wordt pappa nooit meer goed?'

Mamma zei: 'Als hij thuiskomt en ziet dat je slaapt wordt hij misschien weer goed.'

Mamma zat nooit samen met ons aan tafel.

Ze schepte voor ons op en at staande, met haar bord op de koelkast. Ze zei weinig en bleef staan. Ze stond altijd. Bij het koken. Bij het wassen. Bij het strijken. Als ze niet stond, sliep ze. Televisie vond ze vervelend. Als ze moe was, plofte ze op bed en was meteen vertrokken.

Toen deze geschiedenis speelde was mamma drieëndertig. Ze was nog mooi. Ze had lang, zwart haar tot halverwege haar rug, en liet dat loshangen. Ze had twee grote, donkere, amandelvormige ogen, een brede mond, sterke witte tanden en een smal toelopende kin. Ze leek wel een Arabische. Ze was lang, had een mooi figuur, een flinke boezem, een slanke taille, billen die je wel even aan wilde raken en brede heupen.

Als we naar de markt in Lucignano gingen, zag ik dat de mannen hun ogen niet van haar af konden houden. Ik zag hoe de groenteverkoper de man in het kraampje naast hem een por met zijn elleboog gaf en hoe ze naar haar billen keken en dan hun ogen naar de hemel opsloegen. Ik hield haar hand vast, was niet van haar weg te slaan.

Ze is van mij, laat haar met rust, had ik willen schreeuwen.

'Teresa, je roept slechte gedachten op,' zei Severino, die de tankwagen reed, tegen haar.

Mamma gaf niet om dat soort dingen. Ze zag het niet.

De gretige blikken gleden van haar af. Van dat gegluur in de V-hals van haar jurk werd ze warm noch koud.

Ze was geen flirt.

Het was zo benauwd dat je geen lucht kreeg. We lagen in bed. In het donker.

'Ken jij een dier dat begint met een vrucht?' vroeg Maria.

'Wat?'

'Een dier dat begint met een vrucht.'

Ik lag erover na te denken. 'Jij?'

'Ja.'

'Wie heeft dat tegen je gezegd?'

'Barbara.'

Ik had geen idee. 'Die bestaan niet.'

'Die bestaan wel, die bestaan wel.'

Ik probeerde maar wat. 'Een druivenplukker.'

'Dat is geen dier. Dat telt niet.'

Mijn hoofd was leeg. Ik noemde voor mezelf alle vruchten op die ik kende en plakte er stukken van dieren achter, maar er kwam niks uit.

'De pruimstaart?'

'Nee.'

'De braammarter?'

'Nee.'

'Ik weet het niet. Ik geef het op. Wat is het dan?'

'Zeg ik niet.'

'Nou moet je het zeggen.'

'Goed, dan zeg ik het. De mandarijneend.'

Ik gaf me een klap voor mijn kop. 'Natuurlijk! Een mandarijneend! Hartstikke makkelijk. Wat stom...'

'Welterusten,' zei Maria.

'Welterusten,' antwoordde ik.

Ik probeerde te slapen, al had ik geen slaap. Ik lag maar te woelen in mijn bed.

Ik ging voor het raam staan. De maan was geen volmaakte

59

bol meer en overal waar je keek stonden sterren. Vannacht kon die jongen zichzelf niet in een wolf veranderen. Ik keek naar de heuvel en heel even leek het wel of er een lichtje op de heuvel scheen.

Wie weet wat er in dat verlaten huis gebeurde. Misschien waren de heksen er, en stonden ze, oud en bloot, met tandeloze monden, om het gat heen te lachen, en misschien haalden ze die jongen uit het hol en lieten ze hem dansen en trokken ze aan zijn piemel. Misschien waren de reus en de zigeuners hem wel boven een vuurtje gaar aan het stoven.

's Nachts zou ik voor al het goud van wereld die heuvel nog niet op zijn gegaan. Het liefst had ik me in een vleermuis veranderd om boven het huis rond te vliegen. Of het oude harnas aangetrokken dat Salvatores pappa bij de ingang van het huis had staan, om dan naar boven te klimmen. Als ik dat aanhad konden de heksen me niets doen.

3

Toen ik 's morgens wakker werd voelde ik me rustig, ik had geen akelige dromen gehad. Ik bleef nog even met mijn ogen dicht op bed liggen om naar de vogels te luisteren. Toen zag ik weer voor me hoe die jongen overeind kwam en zijn armen uitstak.

'Help!' zei ik.

Wat stom! Daarom was hij overeind gekomen. Hij had om hulp gevraagd en ik was ervandoor gegaan.

Ik liep in mijn onderbroek de kamer uit. Pappa stond net het koffiezetapparaat dicht te draaien. Barbara's vader zat aan de tafel.

'Goeiemorgen,' zei pappa. Hij was niet meer kwaad.

'Dag Michele,' zei Barbara's vader. 'Hoe gaat het?'

'Goed.'

Pietro Mura was een kleine, gedrongen man, met een zwarte snor die over zijn mond hing en een grote, vierkante kop. Hij droeg een zwart krijtstreeppak en daaronder een hemd. Hij was jarenlang barbier geweest in Lucignano, maar de zaken waren nooit echt goed gegaan, en toen er een nieuwe kapsalon was geopend, waar ook een manicure werkte en ze je haar modern knipten, had hij zijn zaak gesloten, en nu was hij boer. Maar in Acqua Traverse noemden ze hem nog steeds de barbier.

Als je haar geknipt moest worden ging je naar zijn huis. Hij liet je in de keuken zitten, in de zon, naast de kooi met distelvinken, trok een la open en haalde er een opgerolde doek uit waarin hij zijn kammen en goed ingevette scharen bewaarde.

Pietro Mura's vingers waren even kort en dik als Toscaanse sigaren, zodat ze nauwelijks in de ogen van de schaar pasten, en voordat hij begon te knippen ging hij met de schaar wijd open naar voren en naar achteren over je hoofd, als een wichelroede. Hij zei dat hij zo kon lezen of je gedachten goed of slecht waren.

Als hij dat deed probeerde ik alleen aan prettige dingen te denken, zoals ijsjes, vallende sterren, of hoeveel ik van mamma hield.

Hij keek naar me en zei: 'Wat wil jij? Je haar laten groeien?'

Ik schudde van nee.

Pappa schonk koffie in de mooie kopjes.

'Gisteren heeft hij me kwaad gemaakt. Als hij zo doorgaat stuur ik hem naar de broeders.'

De kapper vroeg: 'Weet je hoe het haar van de broeders wordt geknipt?'

'Met een kale plek middenop.'

'Goed zo. Je kunt dus maar beter gehoorzaam zijn.'

'Hup, aankleden en ontbijten,' zei pappa. 'Mamma heeft brood en melk voor je klaargezet.'

'Waar is ze naartoe?'

'Naar Lucignano, naar de markt.'

'Pappa, ik moet je iets vertellen, iets belangrijks.'

Hij trok zijn jasje aan. 'Vertel het vanavond maar. Nu moet ik weg. Maak je zusje wakker en maak de melk warm.' In één teug had hij zijn koffie naar binnen.

De barbier dronk de zijne op en samen gingen ze het huis uit.

Nadat ik Maria's ontbijt had klaargemaakt ging ik naar buiten.

De Doodskop en de anderen waren in de zon aan het voetballen.

Togo, een zwart-wit bastaardhondje, rende achter de bal aan en liep iedereen voor de voeten.

Aan het begin van de zomer was Togo in Acqua Traverse opgedoken en door het hele dorp geadopteerd. In de schuur van de vader van de Doodskop had hij een plekje om te slapen. Iedereen gaf hem etensresten en hij was een dikke schommel geworden, met een buik als een grote trom. Het was een lief hondje, als je hem aaide of in huis liet was hij helemaal door het dolle en dan kroop hij weg en deed hij een plasje.

'Jij moet in het doel,' schreeuwde Salvatore naar me.

Ik ging op mijn plaats staan. Niemand vond het prettig om keeper te zijn. Ik wel. Misschien omdat ik met mijn handen beter was dan met mijn voeten. Ik vond het leuk om te springen, te duiken, door het stof te rollen. Harde ballen te houden.

De anderen wilden alleen doelpunten maken.

Die ochtend liet ik er heel wat door. De bal glipte uit mijn handen of ik was te laat. Ik was verstrooid.

Salvatore kwam naar me toe. 'Michele, wat is er?'

'Wat er is?'

'Je speelt zo slecht.'

Ik spuugde in mijn handen, ging wijdbeens staan, met gespreide armen, en kneep mijn ogen half dicht, net als Zoff.

'Nu hou ik ze wel. Ik hou ze allemaal.'

De Doodskop schudde Remo af en schoot kaarsrecht op het midden. Een keiharde bal, maar makkelijk, zo eentje die je met een vuist kunt wegstompen of met je buik opvangen. Ik probeerde hem te grijpen maar hij schoot uit mijn handen.

'Goal!' brulde de Doodskop, en stak een vuist in de lucht alsof hij tegen Juventus had gescoord.

De heuvel riep me. Ik kon er best heen gaan. Pappa en mamma waren er niet. Als ik maar voor het middageten terug was.

'Ik heb geen zin meer,' zei ik en liep weg.

Salvatore kwam achter me aan. 'Waar ga je heen?'

'Nergens.'

'Zullen we een eindje rijden?'

'Straks. Eerst moet ik iets doen.'

Ik was ervandoor gegaan en had alles gelaten zoals het was.

De golfplaat en de matras waren opzij geschoven, het gat was niet bedekt en het touw hing nog omlaag.

Als de bewakers van het hol waren gekomen, hadden ze gezien dat hun geheim was ontdekt en dat zouden ze me vast betaald zetten.

En als hij er niet meer was?

Ik moest al mijn moed verzamelen om te kijken.

Ik boog over de rand.

Hij lag in de deken gerold.

Ik schraapte mijn keel. 'Hallo... hallo... hallo... Ik ben die jongen van gisteren. Ik was bij je beneden, weet je nog?'

Geen antwoord.

'Kun je me horen? Ben je doof?' Wat een stomme vraag. 'Ben je ziek? Leef je nog?'

Hij bewoog zijn arm, tilde een hand op en fluisterde iets.

'Wat? Ik verstond je niet.'

'Water.'

'Water? Heb je dorst?'

Hij stak zijn hand op.

'Wacht even.'

Waar kon ik water vinden? Water? Er stonden een paar verfemmers, maar die waren leeg. In de wasteil stond een beetje, maar dat zag groen en wemelde van de muggenlarven.

Ik herinnerde me dat ik, toen ik naar binnen was gegaan om het touw te pakken, een jerrycan met water had zien staan.

'Ik ben zo terug,' zei ik tegen hem, en wurmde me door het raampje boven de deur naar binnen.

De jerrycan was halfvol, maar het water was helder en stonk niet. Het leek me goed.

In een donkere hoek, op een houten plank, stonden blikken, stompjes kaars, een pan en lege flessen. Ik pakte er een, zette een paar stappen en stond toen stil. Ik liep terug en nam de pan in mijn handen. Het was een kleine pan, van wit email met een blauwe rand en blauwe oren en rondom rode appels, precies zoals we thuis hadden. Die van ons hadden we samen met mamma op de markt in Lucignano gekocht, Maria had hem uit een hele hoop pannen op een marktkraampje gekozen omdat ze de appels zo leuk vond.

Deze leek ouder. Hij was slecht schoongemaakt, op de bodem zaten nog wat aangekoekte resten. Ik haalde mijn wijsvinger erover en hield hem bij mijn neus.

Tomatensaus.

Ik zette hem weer op zijn plaats, vulde de fles met water, deed hem met een kurk dicht, nam de mand mee en liep het huis uit.

Ik pakte het touw, knoopte het aan de mand en zette de fles erin.

'Ik laat hem voor je zakken,' zei ik. 'Pak hem maar.'

Met de deken om zich heen vond hij op de tast de fles in de mand, trok de kurk eraf en goot het water in het pannetje, zonder ook maar iets te morsen, toen zette hij hem weer in de mand en gaf hij een ruk aan het touw.

Alsof het iets was dat hij altijd deed, elke dag. Omdat ik niet ophaalde gaf hij een tweede ruk aan het touw en gromde woedend iets onverstaanbaars.

Zodra ik de mand had opgetrokken liet hij zijn hoofd zakken en begon hij zonder het pannetje op te tillen te drinken, op handen en voeten, als een hond. Toen het op was rolde hij op zijn zij en verroerde hij zich niet meer.

Het was al laat.

'Nou... dag.' Ik bedekte het gat en ging weg.

Terwijl ik naar Acqua Traverse fietste, dacht ik aan de pan die ik in de boerderij had gevonden.

Ik vond het vreemd dat die op de onze leek. Ik weet niet, misschien wel omdat Maria hem uit een heleboel andere had gekozen. Alsof hij heel speciaal was, mooier, met die rode appels.

Ik was precies op tijd thuis voor het eten.

'Gauw, ga je handen wassen,' zei pappa. Hij zat naast mijn zusje aan tafel. Ze wachtten tot mamma de pasta afgoot.

Ik rende naar de badkamer en boende mijn handen met zeep, maakte rechts een scheiding en zat al naast ze toen mamma de pasta op de borden schepte.

Ze gebruikte niet de pan met de appels. Ik keek naar de vaat die op het aanrecht stond te drogen, maar ook daar zag ik hem niet. Hij zou wel in het dressoir staan.

'Over een paar dagen komt hier iemand logeren,' zei pappa met volle mond. 'Jullie moeten lief zijn. Geen gehuil en geschreeuw. Zorg maar dat ik me niet hoef te schamen.'

Ik vroeg: 'Wat is dat voor iemand?'

Hij schonk een glas wijn in. 'Een vriend van me.'

'Hoe heet hij?' vroeg mijn zusje.

'Sergio.'

'Sergio,' zei Maria hem na. 'Wat een gekke naam.'

Het was de eerste keer dat iemand bij ons kwam logeren. Met Kerstmis kwamen mijn ooms en tantes, maar die bleven bijna nooit slapen. Daar was geen plaats voor. Ik vroeg: 'En hoe lang blijft hij?'

Pappa schepte nog eens op. 'Een tijdje.'

Mamma legde een plakje vlees voor ons neer.

Het was woensdag. En woensdag was de dag van het plakje vlees.

Het plakje vlees dat gezond is maar dat mijn zusje en ik vies vonden. Ik kreeg die harde, smakeloze leren lap met veel moeite weg, maar mijn zusje niet. Maria kon er urenlang op kauwen, tot het een witte, draderige bal was die in haar mond steeds groter werd. En als ze hem echt niet wegkreeg plak-

66

te ze hem tegen de onderkant van de tafel. Daar zat het vlees te verrotten. Mamma snapte er helemaal niets van: 'Waar komt die stank toch vandaan? Wat zou dat nou zijn?' Tot ze op een dag de bestekla eruit haalde en al die smerige balletjes vond, die als bijennesten aan de planken zaten gekleefd.

Maar nu hadden ze haar trucje door.

Maria begon te zeuren. 'Ik wil niet! Ik vind het niet lekker!'

Mamma werd meteen kwaad. 'Maria, eet je vlees op!'

'Dat gaat niet. Ik krijg er hoofdpijn van,' zei mijn zusje, alsof ze vergif kreeg voorgezet.

Mamma gaf haar een draai om haar oren en Maria begon te dreinen.

Nu moet ze naar bed, dacht ik.

Maar pappa pakte het bord en keek mamma aan. 'Laat maar, Teresa. Ze eet het toch niet op. Geduld. Zet het maar weg.'

Toen we hadden gegeten gingen mijn ouders rusten. Het huis was een oven, maar ze zagen toch kans om in slaap te vallen.

Dit was het moment om op zoek te gaan naar de pan. Ik deed het dressoir open en zocht tussen het serviesgoed. Ik keek in de kist waarin we dingen stopten die niet meer werden gebruikt. Ik ging naar buiten, naar de achterkant van het huis, waar het washok was, de moestuin en de waslijnen. Zo nu en dan deed mamma daar de afwas en liet die dan in de zon drogen.

Niets. De pan met de appels was verdwenen.

We zaten onder de pergola te doen wie het verst kon spugen en wachtten tot de zon een beetje lager zou staan om een partijtje te voetballen, toen ik pappa de trap af zag komen, in zijn mooie broek en met een schoon overhemd aan. In zijn hand had hij een blauwe tas die ik nog nooit had gezien.

Maria en ik stonden op en waren juist bij hem toen hij in de vrachtwagen klom.

'Pappa, pappa, waar ga je heen? Ga je weg?' vroeg ik terwijl ik me aan het portier vastklemde.

'Mogen we mee?' bedelde mijn zusje.

Een lekker tochtje met de vrachtwagen, dat zou pas leuk zijn. We herinnerden ons allebei nog de keer dat pappa ons had meegenomen om pasteitjes en pasta met roomsaus te gaan eten.

Hij startte de motor. 'Sorry jongens. Vandaag niet.'

Ik probeerde me in de cabine te wurmen. 'Maar je had gezegd dat je niet meer weg zou gaan, dat je thuis zou blijven...'

'Ik kom gauw terug, morgen of overmorgen. Hup, eruit.' Hij had haast. Hij had geen zin in gezeur.

Mijn zusje probeerde nog even haar zin door te drijven. Ik niet, dat diende toch nergens toe.

We zagen hoe hij wegreed in een stofwolk, aan het stuur van zijn grote groene blikken trommel.

Midden in de nacht werd ik wakker.

Niet door een droom. Door een geluid.

Ik bleef stil, met mijn ogen dicht, liggen luisteren.

Het leek wel of ik aan zee was. Ik hoorde hem. Alleen was het een zee van ijzer, een trage oceaan van bouten, schroeven en spijkers, die bij de vloedlijn tegen het strand klotsten. Langzame golven schroot braken in een loodzware branding, die de oevers overspoelde en zich dan weer terugtrok.

Tegelijkertijd hoorde ik het gehuil en geblaf van een meute honden, een naargeestig, vals koor, dat het gekletter van het ijzer niet dempte maar versterkte.

Ik keek uit het raam. Een dorsmachine kroop knarsend over de kam van een heuvel die baadde in het maanlicht. Hij leek op een reusachtige metalen sprinkhaan, met twee kleine, ronde, lichtgevende oogjes en grote kaken vol messen en punten. Een mechanisch insect dat graan vrat en stro poepte. Hij werkte 's nachts omdat het overdag te warm was. Daar kwam dat geluid van de zee vandaan.

Waar het gehuil vandaan kwam wist ik ook.

Uit de kennel van de vader van de Doodskop. Italo Natale had achter zijn huis een schuur van golfplaat gebouwd, waarin hij zijn jachthonden had opgesloten. Ze zaten daar altijd, zomer en winter, achter het kippengaas. Als de vader van de Doodskop ze 's morgens hun eten kwam brengen, blaften ze.

Die nacht waren ze om een of andere reden allemaal tegelijk aan het janken geslagen.

Ik keek naar de heuvel.

Pappa was daar. Hij had het vlees van mijn zusje naar die jongen gebracht, en daarom had hij net gedaan of hij wegging, en daarom had hij een tas bij zich, om het erin te verstoppen.

Voor het eten had ik de koelkast opengedaan en het vlees was er niet meer geweest.

'Mamma, waar is dat plakje vlees?'

Ze had me verbaasd aangekeken. 'Heb je nu ineens trek in vlees?'

'Ja.'

'Dat is op, je vader heeft het opgegeten.'

Dat was niet waar. Hij had het meegenomen voor die jongen. Omdat die jongen mijn broer was.

Net als Nunzio Scardaccione, de oudste broer van Salvatore. Nunzio was geen gevaarlijke gek, maar ik durfde niet naar hem te kijken. Ik was bang dat zijn gekte dan op mij zou overgaan. Nunzio rukte met zijn handen zijn haren uit en at ze dan op. Zijn hoofd zat vol open plekken en korsten en hij kwijlde. Zijn moeder trok hem altijd een muts en handschoenen aan, zodat hij zijn haren er niet uit kon trekken, maar toen was hij tot bloedens toe in zijn armen gaan bijten. Ten slotte hadden ze hem meegenomen en naar het gekkenhuis gebracht. Ik was blij toe.

Het kon best zijn dat die jongen in dat hol mijn broertje was, en dat hij gek geboren was, net als Nunzio, en dat pappa hem daar had verstopt om mijn zusje en mij niet aan het schrikken te maken. Om de kinderen van Acqua Traverse niet aan het schrikken te maken.

Misschien waren we wel tweelingen. We waren even groot en volgens mij waren we even oud.

Toen we geboren waren, had mamma ons allebei uit de wieg gepakt, en toen was ze op een stoel gaan zitten en had ze ons aan haar borst gelegd om ons melk te geven. Ik was gaan zuigen maar hij had in haar tepel gebeten en geprobeerd die los te scheuren, en uit haar borst was bloed met melk gekomen en mamma had door het huis lopen schreeuwen: 'Hij is gek! Hij is gek! Pino, haal hem weg! Haal hem weg! Je moet hem doodmaken, hij is gek.'

Pappa had hem in een zak gestopt en naar de heuvel gebracht om hem dood te maken, hij had hem op de grond gelegd, in het graan, en hij had hem moeten doodsteken, maar dat had hij niet over zijn hart kunnen verkrijgen, het was nog altijd zijn kind, en toen had hij een hol gegraven en hem aan de ketting gelegd en hem daar grootgebracht.

Mamma wist niet dat hij nog leefde.

Ik wel.

4

Ik werd vroeg wakker. Ik bleef in bed liggen terwijl de zon steeds heter werd. Toen hield ik het niet meer uit om daar te liggen wachten. Mamma en Maria sliepen nog. Ik stond op, poetste mijn tanden, deed kaas en brood in mijn schooltas en ging het huis uit.

Ik was tot de slotsom gekomen dat het overdag niet gevaarlijk was op de heuvel, het was er alleen 's nachts niet pluis.

Die ochtend waren er wolken verschenen. Ze snelden in volle vaart langs een kleurloze hemel en wierpen donkere vlekken over de korenvelden, maar ze hielden hun regen vast om die ergens anders heen te brengen.

Als een pijl uit de boog vloog ik op mijn Scassona over het uitgestorven land, regelrecht naar het huis.

Als ik in dat hol ook maar een piepklein stukje van het vlees vond, betekende dat dat die jongen mijn broertje was.

Ik was er bijna toen aan de horizon een rode stofwolk verscheen. Laag. Snel. Een wolk die zich door het graan voortbewoog. Zo'n stofwolk die een auto op een door de zon geblakerde onverharde weg maakt. Hij was ver weg, maar zou in een mum van tijd bij me zijn. Ik hoorde het geronk van de moter al.

Hij kwam van het verlaten huis. Deze weg ging nergens

anders heen. Er verscheen een auto om de bocht die recht op me af kwam.

Ik wist niet wat ik moest doen. Als ik omkeerde zou hij me inhalen, als ik doorreed zou hij me zien. Ik moest snel iets besluiten, hij kwam al dichterbij. Misschien had hij me al gezien. Als hij me niet had gezien kwam dat alleen door de rode wolk die hij opwierp.

Ik draaide mijn fiets om en begon te trappen, probeerde zo snel mogelijk weg te komen. Dat had geen zin. Hoe harder ik trapte, hoe meer mijn fiets zich verzette, slingerde en weigerde door te rijden. Ik keek om en de stofwolk achter me groeide.

Verstop je, zei ik tegen mezelf.

Ik gaf een ruk aan het stuur, mijn fiets botste op een steen en ik vloog als een kruisbeeld het graan in. De auto was nog geen tweehonderd meter van me vandaan.

De Scassona lag aan de kant van de weg. Ik greep het voorwiel en trok hem naar me toe. Ik ging plat op de grond liggen en hield mijn adem in. Zonder een vin te verroeren. Het kindje Jezus smekend dat niemand me zou zien.

Het kindje Jezus verhoorde me.

Liggend tussen de halmen, terwijl de horzels op mijn vel een feestmaal aanrichtten, met mijn handen op de gloeiende aardkluiten, zag ik een bruine 127 langsschieten.

De 127 van Felice Natale.

Felice Natale was de oudste broer van de Doodskop, en de Doodskop mocht dan gemeen zijn, Felice was nog duizend keer erger.

Felice was twintig. En zodra hij in Acqua Traverse opdook werd het leven voor mij en de andere kinderen een hel. Hij sloeg ons, maakte onze bal lek en pikte onze spullen.

Een zielepoot. Niet één vriend, geen vrouw. Iemand die altijd de kleintjes moest hebben en met zichzelf geen raad wist. En dat was logisch. Niemand kan op zijn twintigste

nog in Acqua Traverse wonen, anders vergaat het hem hetzelfde als Nunzio Scardaccione, de harenvreter. Felice ge-
droeg zich in Acqua Traverse als een tijger in een kooi. Ge-
tergd draafde hij tussen die vier huizen rond, gespannen,
klaar om je te grazen te nemen. Gelukkig ging hij af en toe
naar Lucignano. Maar ook daar had hij geen vrienden gemaakt. Als ik uit school kwam zag ik hem in zijn eentje op
een bank op het plein zitten.

Dat jaar waren broeken met wijde pijpen in de mode, en
strakke, kleurige T-shirts, lammycoats en lang haar. Niks
voor Felice. Hij knipte zijn haar kort en kamde het met brillantine naar achteren, schoor zich zo glad mogelijk en liep
in legerjacks en camouflagebroeken. En hij knoopte een zakdoek om zijn hals. Hij reed rond in die 127, was gek op wa-
pens en vertelde dat hij in Pisa paratroeper was geweest en
uit vliegtuigen had gesprongen. Maar dat was niet waar. Iedereen wist dat hij in Brindisi in dienst was geweest. Hij had
de scherpe trekken van een barracuda en kleine, ver uit elkaar staande tanden, als een pasgeboren krokodil. Hij had
ooit tegen ons gezegd dat dat kwam doordat het nog steeds
zijn melktanden waren. Hij had nooit gewisseld. Als hij zijn
mond niet opendeed kon hij voor een mooie jongen doorgaan, maar als hij die hooischuur opentrok, als hij lachte,
stapte je een eindje naar achteren. En als hij in de gaten had
dat je naar zijn tanden keek kreeg je er van langs.

Maar op een goede dag was hij vertrokken, zonder tegen
iemand iets te zeggen.

Als je de Doodskop vroeg waar zijn broer heen was antwoordde die: 'Naar het Noorden. Om te werken.'

Meer hoefden we niet te weten.

Maar nu was hij weer opgedoken, als giftig onkruid. In
die poepkleurige 127. En hij kwam van dat verlaten huis.

Hij had die jongen in dat hol gestopt. Hij was natuurlijk
degene die hem daar had verborgen.

Onzichtbaar tussen de bomen controleerde ik of er echt niemand in het kleine dal was.

Toen ik zeker wist dat ik alleen was, kwam ik onder de bomen vandaan en liep ik net als de andere keren via de kleine binnenplaats het huis in. Behalve de pastadozen, de bierflesjes en de pan met de appels lagen er op de vloer nog een paar opengemaakte blikjes tonijn. En een beetje opzij een opgerolde legerslaapzak.

Felice. Die was van hem. Ik zag voor me hoe hij, lekker in zijn slaapzak, vergenoegd de tonijn opat.

Ik vulde een fles met water, pakte het touw van de kist, nam het mee naar buiten, knoopte het aan de kraanarm, schoof de golfplaat en de matras opzij en keek naar beneden.

Hij lag als een stekelvarken in de bruine deken gerold.

Ik had helemaal geen zin om naar beneden te gaan, maar ik moest erachter zien te komen of er restjes van het plakje vlees van mijn zusje lagen. Hoewel ik Felice van de heuvel had zien komen, kon ik de gedachte dat die jongen mijn broertje was maar niet uit mijn hoofd zetten.

Ik haalde de kaas te voorschijn en vroeg: 'Mag ik komen? Ik ben die jongen van het water. Weet je nog? Ik heb eten voor je meegenomen. Caciotta. Caciotta is lekker. En wel duizendmaal lekkerder dan dat plakje vlees. Als je niks doet geef ik het aan je.'

Hij gaf geen antwoord.

'Nou, zal ik komen?'

Misschien had Felice hem gekeeld.

'Ik gooi de caciotta naar je toe. Pak hem maar.' Ik liet hem vallen.

De kaas kwam vlak bij hem terecht.

Een zwarte hand schoot met de snelheid van een tarantula onder de deken uit en begon net zo lang over de grond te voelen tot hij de kaas had gevonden en weggegrist. Terwijl hij at trilden zijn benen, net als bij straathonden die na dagen hongerlijden een restje vlees vinden.

'Ik heb ook water... Zal ik het naar beneden brengen?'
Hij maakte een gebaar met zijn arm.

Ik liet me zakken.

Zodra hij hoorde dat ik in de buurt was, rolde hij zich in elkaar tegen de muur.

Ik keek om me heen. Geen spoor van het plakje vlees.

'Ik doe niks. Heb je dorst?' Ik stak hem de fles toe. 'Drink maar, het is goed.'

Hij ging zitten zonder de deken van zich af te gooien. Hij zag eruit als een klein, in lompen gehuld spook. Zijn magere benen piepten eronderuit als twee dorre, witte takken. Een ervan zat vast met de ketting. Hij stak een arm uit, rukte de fles uit mijn handen die, net als de kaas, onder de deken verdween.

Het spook kreeg opeens een lange snuit, als een miereneter. Hij dronk.

Binnen twintig seconden was alles op. Toen hij klaar was, liet hij zelfs een boer.

'Hoe heet je?' vroeg ik.

Hij rolde zich weer op, zonder me een antwoord waardig te keuren.

'Hoe heet je vader?'

Ik wachtte vergeefs.

'Mijn vader heet Pino, en de jouwe? De jouwe heet toch ook Pino?'

Het leek wel of hij sliep.

Ik bleef naar hem kijken, toen zei ik: 'Felice! Die ken je toch? Ik heb hem gezien. Hij reed met zijn auto naar beneden...' Ik wist niet meer wat ik moest zeggen. 'Wil je dat ik wegga? Als je dat wilt ga ik wel.' Niks. 'Best, ik ga al.' Ik pakte het touw. 'Nou, dag.'

Ik hoorde een soort gefluister, een zucht, iets wat onder de deken vandaan kwam.

Ik liep naar hem toe. 'Zei je iets?'

Hij fluisterde weer iets.

'Ik versta je niet. Praat wat harder.'

'De beertjes...!' schreeuwde hij.

Ik sprong overeind. 'De beertjes? Wat voor beertjes?'

Hij liet zijn stem weer dalen. 'De wasbeertjes...'

'Wasbeertjes?'

'De wasbeertjes. Als je het raam van de keuken openlaat komen de wasbeertjes binnen en dan stelen ze de gebakjes of de koekjes, dat hangt ervan af wat je die dag eet,' zei hij heel ernstig. 'Als je bijvoorbeeld afval voor je huis laat liggen, komen de wasbeertjes het 's nachts opeten.'

Hij leek wel een kapotte radio die het plotseling weer doet.

'Je moet goed opletten dat je de afvalemmer dichtdoet, anders gooien ze alles eruit.'

Waar had hij het over? Ik probeerde hem te onderbreken. 'Er zijn hier geen beren. En ook geen wolven. Wel vossen.' En toen vroeg ik: 'Heb je gisteren toevallig een plakje vlees gegeten?'

'Wasbeertjes bijten omdat ze bang zijn voor mensen.'

Wat moest hij verdomme met die wasbeertjes? En wat wasten ze dan? Kleren? Trouwens, beren praten alleen in stripverhalen. Dat gedoe over wasbeertjes vond ik maar niks.

Ik drong aan. 'Zou je alsjeblieft willen zeggen of je gisteravond een stukje vlees hebt gegeten? Dat is erg belangrijk.'

Hij antwoordde: 'De beertjes hebben tegen me gezegd dat jij niet bang bent van de wormenman.'

Een stemmetje in mijn hoofd zei dat ik niet naar hem moest blijven luisteren, dat ik moest maken dat ik wegkwam.

Ik greep het touw maar kon het niet opbrengen om ervandoor te gaan en bleef gebiologeerd naar hem kijken.

Hij hield vol: 'Jij bent niet bang van de wormenman.'

'De wormenman? Wie is dat?'

'De wormenman zegt: "Hé, snotaap! Ik laat je spullen zakken. Haal ze eruit en geef me de emmer aan. Anders kom ik naar beneden en dan trap ik je dood, als een worm." Ben jij mijn engelbewaarder?'

'Wat?'

'Ben jij mijn engelbewaarder?'

Ik stotterde. 'Nee... ik, nee, ik ben geen engel.'

'Jij bent wel mijn engel, je hebt dezelfde stem.'

'Wat voor engel?'

'Die tegen je praat, die alles zegt.'

'Praten de wasbeertjes dan niet tegen je?'

Ik kon er geen touw aan vastknopen. 'Dat zei je zelf...'

'Die wasbeertjes praten wel, maar soms liegen ze. Je engel zegt altijd de waarheid. Jij bent mijn engelbewaarder.' Zijn stem klonk wat hoger. 'Dat mag je best tegen me zeggen.'

Ik voelde me beroerd. De strontlucht zat in mijn mond, mijn neus, mijn hersens. 'Ik ben geen engel... Ik ben Michele, Michele Amitrano. Ik ben geen...' mompelde ik, toen leunde ik tegen de muur en gleed ik op de grond. Hij stond op, stak zijn handen naar me uit als een melaatse die om een aalmoes vraagt en bleef even staan. Toen zette hij een stap en viel op zijn knieën aan mijn voeten, onder de deken.

Hij fluisterde iets en raakte mijn teen aan.

Ik gaf een gil. Alsof een griezelige kwal me had aangeraakt, een giftige spin. Met dat magere handje, met die lange, zwarte, kromme nagels van hem.

Hij praatte veel te zacht.

'Wat is er, wat zeg je?'

'Wat is er? Ik ben dood!' antwoordde hij.

'Wat?'

'Wat? Ben ik dood? Ben ik dood? Ik ben dood! Wat?'

'Praat eens wat harder. Wat harder... Toe nou...'

Hij kraste, schor, zonder stem, als een nagel over het schoolbord. 'Ben ik dood? Ben ik dood? Ik ben dood!'

Ik vond het touw en trok me omhoog, wild trappend, zodat hij een lawine aarde over zich heen kreeg.

Maar hij bleef krijsen. 'Ben ik dood? Ik ben dood. Ben ik dood?'

Achtervolgd door horzels fietste ik weg.

Ik zwoer dat ik nooit en nooit meer naar die heuvel zou gaan. Ik zou nooit meer met die idioot praten, al staken ze me de ogen uit.

Hoe kwam die idioot erbij dat hij dood was?

Iemand die leeft kan toch niet denken dat hij dood is? Wie dood is, is dood. Die is in het paradijs. Of hooguit in de hel.

En als hij nu toch eens gelijk had?

Als hij nu eens echt dood was? Als ze hem weer eens tot leven hadden gewekt? Wie? Alleen Jezus kon je tot leven wekken. En niemand anders. Maar weet je dat je dood bent geweest als je weer ontwaakt? Herinner je je het paradijs dan nog? Weet je dan nog wie je eerst was? Je wordt gek, want je hersens zijn vergaan en dan begin je over wasbeertjes te praten.

Hij was mijn tweelingbroer niet, hij was niet eens mijn broer. En pappa had niks met hem te maken. Het vlees was er niet. Die pan was niet van ons. Die van ons had mamma weggegooid.

En zodra pappa terugkwam vertelde ik hem alles. Zoals hij me had geleerd. En dan zou hij wel iets doen.

Ik was al bijna bij de weg toen ik aan de golfplaat dacht. Ik was weggerend en had het hol weer open gelaten.

Als Felice nog eens naar boven ging zou hij meteen door hebben dat iemand die daar niets te maken had zijn neus in zijn zaken had gestoken. Ik kon mezelf toch niet verraden alleen omdat ik bang was voor een idioot die in een hol aan een ketting lag! Als Felice erachter kwam dat ik het was, zou hij me aan één oor meeslepen.

De Doodskop en ik waren op een keer in Felices auto gaan zitten. We speelden dat de 127 een ruimteschip was. Hij stuurde en ik schoot op de marsmannetjes. Felice had ons betrapt en ons er als konijnen aan onze oren uit gesleurd, naar het midden van de weg. We hadden wanhopig gehuild, maar hij had niet losgelaten. Gelukkig was mamma naar buiten gekomen en had ze hem er met een stok van langs gegeven.

Ik wilde het liefst alles laten zoals het was, naar huis racen, me in mijn kamer opsluiten en stripboeken gaan lezen, maar ik reed terug, mezelf vervloekend.

De wolken waren verdwenen en je ontplofte van de hitte. Ik trok mijn T-shirt uit en knoopte het om mijn hoofd, als een indiaan. Ik raapte een stok op. Als ik Felice tegenkwam zou ik me verdedigen.

Ik probeerde zo ver mogelijk van het hol vandaan te blijven, maar ik kon het niet laten om tenminste even te kijken.

Hij zat op zijn knieën onder de deken, zijn hand uitgestoken, in dezelfde houding waarin ik hem had achtergelaten.

Ik kreeg zin om op die stomme golfplaat te springen en hem in duizend stukjes te breken, maar in plaats daarvan duwde ik hem terug en bedekte ik het gat ermee.

Toen ik thuiskwam stond mamma af te wassen. Ze smeet de braadpan in de gootsteen. 'Kijk eens aan wie we daar hebben!'

Ze was zo boos dat haar kaken beefden.

'Mogen we weten waar je heen gaat? Je hebt me zo in angst laten zitten... Je vader heeft je de vorige keer geen slaag gegeven. Maar deze keer zul je ervan lusten.'

Nog voor ik tijd had om een smoesje te verzinnen zat ze al achter me aan. Ik sprong als een geit van de ene kant van de keuken naar de andere, terwijl mijn zusje aan tafel hoofdschuddend naar me keek.

'Waar ga je heen? Kom hier!'

Ik belandde met een sprong achter de bank, glipte onder de tafel door, klauterde over de leunstoel, kroop over de grond naar mijn kamer en verstopte me onder mijn bed.

'Kom daar vandaan!'

'Nee, dan sla je me!'

'Reken maar. Als je uit jezelf komt krijg je minder slaag.'
'Nee, ik kom niet!'
'Ook goed.'

Een bankschroef om mijn enkel. Ik greep me met twee handen aan de poot van het bed vast, maar er was niets aan te doen. Mamma was nog sterker dan Maciste en mijn vingers gleden van die rottige ijzeren poot. Ik liet los en belandde tussen haar benen. Ik probeerde opnieuw onder het bed te glippen, maar daar gaf ze me de kans niet toe, ze tilde me aan mijn broek op en nam me onder haar arm of ik een koffer was.

Ik schreeuwde: 'Laat me los! Alsjeblieft! Laat me los!'

Ze ging op de bank zitten, nam me over de knie, trok mijn broek en mijn onderbroek omlaag terwijl ik blèrde als een lammetje, gooide haar haar naar achteren en sloeg op mijn billen tot ze rood waren.

Mamma heeft altijd stevige handen gehad. Haar klappen kwamen langzaam en welgemikt en gaven een dof geluid, als een mattenklopper op een tapijt.

'Ik heb je overal gezocht.' Eén. 'Niemand wist iets.' Twee. 'Je wordt mijn dood nog eens.' Drie. 'Iedereen denkt natuurlijk dat ik een waardeloze moeder ben.' Vier. 'Dat ik niet in staat ben om kinderen op te voeden.'

'Hou op!' brulde ik. 'Hou op! Alsjeblieft, alsjeblieft, mamma!'

Op de radio zong een stem. *Croce, croce e delizia. Delizia al cor*, kwelling, kwelling en vreugde van mijn hart.

Ik weet het nog alsof het gisteren was. Heel mijn leven lang zag ik, telkens als ik naar *La Traviata* luisterde, mezelf weer met mijn achterste omhoog op de schoot van mijn moeder die me, terwijl ze onaangedaan op de bank zat, een fiks pak slaag geeft.

'Wat gaan we doen?' vroeg Salvatore.

We zaten op het bankje en gooiden steentjes naar een geiser die in het graan was gegooid. Wie raak gooide kreeg een punt. De anderen waren aan het eind van de straat ver-stoppertje aan het spelen.

Overdag was het winderig geweest, maar nu het begon te schemeren was het bladstil, drukkend, en boven de akkers verscheen een rand lome, loodgrijze wolken.

Ik gooide te ver. 'Weet ik niet. Ik kan niet fietsen, mijn kont doet zeer. Mijn moeder heeft me een pak slaag gege-ven.'

'Waarom?'

'Omdat ik te laat thuiskwam. Slaat jouw moeder je ook wel eens?'

Salvatore mikte en raakte de geiser met een welluidend tok. 'Een punt! Drie tegen een.' Toen schudde hij zijn hoofd. 'Nee, dat kan ze niet. Ze is veel te dik.'

'Jij boft. Mijn moeder is juist heel sterk, ze kan wel een fiets inhalen.'

Hij moest lachen. 'Dat kan niet.'

Ik raapte een kleinere steen op en mikte. Ditmaal bijna raak. 'Ik zweer het. We moesten eens een keer in Lucignano de bus halen. Toen we aankwamen reed hij net weg. Mam-ma rende zo hard dat ze hem inhaalde en toen begon ze op de deur te bonken en zijn ze gestopt.'

'Als mijn moeder begint te hollen valt ze dood neer.'

'Moet je horen,' zei ik, 'weet je nog dat juf Destani ons dat verhaal over het wonder van Lazarus vertelde?'

'Ja.'

'Denk jij dat Lazarus wist dat hij dood was geweest toen hij weer opstond?'

Salvatore dacht erover na. 'Nee, volgens mij dacht hij dat hij ziek was geweest.'

'Maar hoe kon hij dan lopen? Het lichaam van een dode is helemaal stijf. Weet je nog hoe stijf die kat was die we hadden gevonden?'

'Welke kat?' Hij mikte en raakte de geiser opnieuw. Hij mikte feilloos.

'Die zwarte kat, vlak bij de beek... Weet je nog?'

'O ja, ik weet het al weer. De Doodskop hakte hem door-midden.'

'Als iemand dood is en weer wordt opgewekt, loopt hij helemaal niet gewoon en dan is hij gek omdat zijn hersens verrot zijn, en dan zegt hij rare dingen, denk je niet?'

'Zou best kunnen.'

'Kunnen doden volgens jou weer levend worden of kan alleen Jezus zelf ons laten opstaan?'

Salvatore krabde op zijn hoofd. 'Ik weet het niet. Mijn tante heeft me een verhaal verteld dat echt gebeurd is. Dat op een keer de zoon van iemand door een auto was over-reden en dat hij dood was, net gehakt. Zijn vader kon zo niet verder leven, het ging steeds slechter met hem, hij huil-de de hele dag door. Toen ging hij naar een tovenaar en die gaf hij al zijn geld om hem zijn zoon terug te geven. De to-venaar zei: "Ga naar huis en wacht af. Je zoon zal vannacht terugkomen." De vader ging zitten wachten, maar die jon-gen kwam niet terug en ten slotte ging hij maar naar bed. Hij viel net in slaap toen hij voetstappen hoorde, in de keu-ken. Hij stond dolgelukkig op en zag zijn zoon, helemaal gehakt, en een arm was weg en zijn hoofd was openge-spleten en zijn hersens dropen eruit en hij zei dat hij hem haatte omdat hij hem op straat alleen had gelaten om ach-ter de vrouwen aan te gaan, en dat het zijn schuld was dat hij dood was.'

'En toen?'

'En toen heeft zijn vader benzine gepakt en hem in de fik gestoken.'

'Maar goed ook.' Ik gooide weer, eindelijk raak. 'Eén punt! Vier tegen twee.'

Salvatore bukte om een steentje te zoeken. 'Dat was maar goed ook.'

'Maar is dat volgens jou echt gebeurd?'

'Nee.'

'Volgens mij ook niet.'

Ik werd wakker omdat ik nodig moest plassen. Mijn vader was weer thuis. Ik hoorde zijn stem in de keuken.

Er waren meer mensen. Ze maakten ruzie, vielen elkaar in de rede, scholden elkaar uit. Pappa was woedend.

We waren die avond meteen na het eten gaan slapen. Ik had als een nachtuiltje om mamma heen gefladderd, om het weer goed te maken. Ik was uit mezelf de aardappelen gaan schillen, maar ze had de hele middag geen mond open gedaan. Toen we aan tafel gingen had ze de borden met een klap voor ons neergezet en we hadden in stilte gegeten, terwijl zij door de keuken beende en naar de weg keek.

Mijn zusje sliep. Ik ging op mijn knieën op het bed zitten en keek door het raam.

De vrachtwagen stond naast een grote, donkere auto met een zilveren neus. Een rijkeluisauto.

Ik moest vreselijk nodig, maar om bij de badkamer te komen moest ik door de keuken. Ik schaamde me, met al die mensen, maar ik kon het echt niet meer ophouden.

Ik stond op en liep naar de deur. Ik pakte de deurknop en telde: 'Een, twee, drie... Vier, vijf zes.' Toen deed ik hem open.

Ze zaten aan tafel.

Italo Natale, de vader van de Doodskop. Pietro Mura, de barbier. Angela Mura. Felice. Pappa. En een oude man die ik nog nooit had gezien. Dat moest Sergio zijn, pappa's vriend.

Ze zaten te roken. Hun gezichten zagen er rood en moe uit, hun ogen waren piepklein.

Op de tafel allemaal lege flessen en asbakken vol peuken, pakjes Nazionale en Milde Sorte, hompen brood. De ventilator draaide maar het hielp niet. Het was om te sterven van de hitte. De televisie stond aan, zonder geluid. Het rook naar tomaten, zweet en muggengif.

Mamma was koffie aan het zetten.

Ik keek naar de oude man, die een sigaret uit een pakje Dunhill haalde.

Later hoorde ik dat hij Sergio Materia heette. Hij was toen zevenenzestig en kwam uit Rome, waar hij twintig jaar eerder berucht was geworden door een roofoverval op een bontwinkel op Monte Mario en door een aanslag op het hoofdkantoor van de Boerenleenbank. Een week na de overval had hij op piazza Bologna een snackbar annex lunchroom gekocht. Hij wilde het geld witwassen, maar de politie had hem opgepakt, precies op de dag van de opening. Hij had een flinke tijd gezeten, was wegens goed gedrag vrijgekomen en naar Zuid-Amerika geëmigreerd.

Sergio Materia was mager. Met een kale kop. Boven zijn oren groeiden wat schaarse vaalblonde haren, die hij in een staart droeg. Hij had een lange neus, dieppliggende ogen, en zijn ingevallen wangen werden hier en daar opgeluisterd door een witte baard van minstens een paar dagen. Zijn lange, lichtblonde wenkbrauwen leken plukjes haren die op zijn gezicht waren geplakt. Zijn hals was gerimpeld, vol vlekken, alsof ze hem met bleekwater hadden bewerkt. Hij droeg een donkerblauw pak en een zachtbruin zijden overhemd. Op zijn glimmende kale hoofd zat een gouden bril en tussen zijn borstharen zag je nog net een gouden ketting met een zon. Om zijn pols zat een massief gouden horloge.

Hij was razend. 'Jullie hebben al vanaf het begin de ene stommiteit na de andere begaan.' Hij praatte raar. 'En die daar is een klootzak...' Hij wees naar Felice. Hij keek naar hem zoals je naar een hondendrol kijkt. Hij pakte een tandenstoker en begon zijn gele tanden schoon te maken.

Felice zat over de tafel gebogen met zijn vork op het tafelkleed te tekenen. Precies zijn broer als hun moeder hem de huid vol schold.

De oude man krabde aan zijn hals. 'Ik heb daarginds wel gezegd dat we jullie niet konden vertrouwen. Jullie kunnen het gewoon niet. Het was een klote-idee. Jullie hebben de ene stomme streek na de andere uitgehaald. Jullie spelen met vuur. Als alles was gegaan zoals het had moeten gaan had ik nu in Brazilië gezeten in plaats van in dit rotgat.'

Pappa liet het niet op zich zitten. 'Hé, Sergio, luister nou eens... Rustig aan... De zaak is nog niet...'

Maar de oude man legde hem het zwijgen op. 'Welke zaak godverdomme? Jij moet je bek houden want je bent nog erger dan de rest. En weet je waarom? Omdat je niet nadenkt. Dat kun je niet. Alsof er geen vuiltje aan de lucht was heb je de ene blunder na de andere begaan. Imbeciel.'

Pappa wilde eerst nog antwoord geven, maar slikte het in en sloeg zijn ogen neer.

Die man had hem een imbeciel genoemd.

Het was of ze een dolk in mijn lijf hadden gestoken. Zo had nog nooit iemand tegen pappa gepraat. Pappa was de baas van Acqua Traverse. En nu schold die vreselijke kerel, die weet ik waar vandaan kwam, hem in ieders bijzijn uit.

Waarom joeg pappa hem niet weg?

Plotseling zei niemand meer iets. Ze zwegen, terwijl die oude kerel weer tussen zijn tanden begon te peuteren en naar de lamp keek.

Hij was net als de keizer. Als de keizer een slecht humeur heeft moet iedereen zijn mond houden. Pappa incluis.

'Het journaal! Kijk, het journaal!' zei Barbara's vader, op zijn stoel heen en weer schuivend.

'Harder! Teresa, harder! En doe het licht uit,' zei pappa tegen mamma.

Bij mij thuis ging altijd het licht uit als we televisie keken. Dat moest. Mamma wist niet hoe gauw ze bij de volumeknop moest komen en toen bij de lichtschakelaar.

Het werd schemerig in de kamer. Iedereen draaide zich om naar de televisie. Alsof Italië speelde.

Verstopt achter de deur zag ik hoe ze in donkere silhouetten veranderden, blauwgekleurd door het scherm.

De verslaggever had het over een botsing tussen twee treinen, vlak bij Florence. Er waren doden gevallen, maar dat interesseerde niemand.

Mamma deed suiker in de koffie. En allemaal om beurten: 'Voor mij eentje, voor mij twee, voor mij zonder.'

Barbara's moeder zei: 'Misschien zeggen ze er niets over. Gisteren zeiden ze ook niets. Misschien is het geen nieuws meer.'

'Hou je kop!' snoof de oude man.

Dit was het goede moment om te gaan plassen. Ik hoefde alleen maar naar de kamer van mijn vader en moeder. Daarvandaan kon je naar de badkamer, en dan deed ik het wel in het donker.

Ik stelde me voor dat ik een zwarte panter was en sloop op handen en voeten mijn kamer uit. Ik was bijna veilig, op een paar meter na, toen de vader van de Doodskop van de bank opstond en op me af kwam.

Ik ging plat op de grond liggen. Italo Natale pakte een sigaret van de tafel en ging weer op de bank zitten. Ik haalde diep adem en kroop verder. Daar was de deur, de list was gelukt, ik was er. Ik haalde net opgelucht adem toen iedereen begon te roepen. 'Kijk! Kijk!' 'Stil, hou je mond!'

Ik stak mijn hals om de hoek van de bank en mijn hart stokte in mijn keel.

Achter de nieuwslezer zag ik de foto van de jongen.

De jongen in het hol.

Hij was blond. Helemaal schoon, netjes gekamd, mooi, met een geruite bloes aan. Hij glimlachte en had de locomotief van een elektrische trein in zijn handen.

De nieuwslezer ging door: 'Het zoeken naar de kleine Filippo Carducci, de zoon van de Lombardijse industrieel Giovanni Carducci, die twee maanden geleden in Pavia is ontvoerd, gaat onverminderd door. Carabinieri en rechercheurs volgen een nieuw spoor dat mogelijk...'

Meer hoorde ik niet.

Ze schreeuwden. Pappa en de oude man stonden op.

De jongen heette Filippo. Filippo Carducci.

'Hier volgt een vanochtend opgenomen oproep van signora Luisa Carducci aan de ontvoerders.'

'Wat wil die stomme teef nou?' zei pappa.

'Hoer, vuile hoer!' gromde Felice ook nog eens.

Zijn vader gaf hem een klap. 'Hou je kop!'

Barbara's moeder deed ook een duit in het zakje: 'Ezel!'

'Godverdegodver! Hou op!' krijste de oude man. 'Ik wil het horen!'

Er verscheen een vrouw. Elegant, blond, niet jong en ook niet oud, maar wel mooi. Ze zat in een grote leren fauteuil in een kamer vol boeken. Haar ogen waren vochtig. Ze klemde haar handen ineen alsof ze anders zouden ontsnappen.

Ze haalde haar neus op en zei, ons recht aankijkend: 'Ik ben de moeder van Filippo Carducci en richt me tot de ontvoerders van mijn zoon. Doe hem alsjeblieft geen kwaad. Het is een lief kind, rustig en erg verlegen. Alsjeblieft, behandel hem goed. Ik durf een beroep te doen op jullie liefde en begrip. Jullie kunnen je vast en zeker voorstellen wat het betekent als je kinderen van je worden afgenomen, ook al hebben jullie ze zelf misschien niet. De losprijs die jullie hebben gevraagd is erg hoog, maar mijn man en ik zijn bereid jullie alles te geven wat we bezitten om Filippo terug te krijgen. Jullie hebben gedreigd zijn oor af te snijden. Ik bid, ik smeek jullie om dat niet te doen...'

Ze droogde haar ogen af, haalde adem en ging verder: 'We doen wat we kunnen. Alsjeblieft. God zal jullie belonen als jullie barmhartigheid tonen. Zeg tegen Fillipo dat zijn pappa en zijn mamma hem niet zijn vergeten en dat ze veel van hem houden.'

Pappa maakte met zijn vingers een knipgebaar.

'We knippen twee oren af. Alletwee.'

De oude man voegde eraan toe: 'We zullen je leren om verhaaltjes op de tv te vertellen, smerige teef!'

Toen begonnen ze allemaal weer te schreeuwen.

Ik glipte mijn kamer in, deed de deur dicht, klom op de vensterbank en plaste omlaag.

87

Pappa en de anderen hadden die vrouw op de televisie haar kind afgepakt.

Mijn plas klaterde op het dekzeil van de vrachtwagen en de druppels glinsterden in het licht van de straatlantaarn.

'Denk erom, Michele, je mag 's nachts niet naar buiten,' zei mamma altijd tegen me. 'Als het donker is komt de zwarte man en die pakt kleine kinderen en verkoopt ze aan de zigeuners.'

Pappa was de zwarte man.

Overdag was hij aardig, maar 's nachts was hij slecht.

De anderen waren allemaal zigeuners. Als gewone mensen verklede zigeuners. En die oude man was de zigeunerkoning en pappa was zijn dienaar. Maar mamma niet.

Ik had altijd gedacht dat zigeuners een soort supersnelle kaboutertjes waren, met vossenoren en kippenpootjes. Maar het waren normale mensen.

Waarom gaven ze hem niet terug? Wat hadden ze aan zo'n gekke jongen? Filippo's mamma was verdrietig, dat zag je zo. Dat ze dat op de tv vroeg wilde zeggen dat ze heel veel van hem hield.

En toch wilde pappa zijn oren afsnijden.

'Wat ben je aan het doen?'

Maria was wakker geworden.

Ik deed mijn piemel weer in mijn onderbroek.

'Niks.'

'Je stond te plassen, ik zag het wel.'

'Ik moest zo nodig.'

'Wat is er aan de hand?'

Als ik tegen Maria zei dat pappa de zwarte man was werd ze natuurlijk woest. Ik haalde mijn schouders op.

'Niks.'

'Waarom maken ze dan ruzie?'

'Zomaar.'

'Hoe bedoel je zomaar?'

Ik gokte maar wat. 'Ze doen Tombola.'

'Tombola?'

'Ja. Ze maken ruzie over wie de nummers mag oplezen.'

'Wie wint?'

'Sergio, pappa's vriend.'

'Is die er al?'

'Ja.'

'Hoe ziet hij eruit?'

'Oud. Ga nou maar slapen.'

'Dat gaat niet. Het is veel te warm. En zo'n herrie. Wanneer gaan ze weg?'

In de kamer ernaast schreeuwden ze nog steeds.

Ik liet me van de vensterbank zakken.

'Weet ik niet.'

'Michele, wil je een verhaaltje vertellen, dat ik weer kan slapen?'

Pappa vertelde ons altijd verhalen over Agnolotto in Afrika. Agnolotto was een hondje uit de stad dat zich in een koffer had verstopt en per ongeluk in Afrika terechtkwam, bij de leeuwen en de olifanten. We waren dol op dat verhaal. Agnolotto liet zich zelfs door de jakhalzen niet op zijn kop zitten. Hij had een marmot als vriend. Altijd als pappa thuiskwam vertelde hij een nieuwe aflevering.

Het was de eerste keer dat Maria mij vroeg haar een verhaaltje te vertellen, en ik voelde me zeer vereerd. De pech was dat ik er geen kende.

'Eh... ik ken er geeneen,' moest ik bekennen.

'Wel waar. Je kent er heus wel een.'

'Welk dan?'

'Weet je nog dat verhaal dat Barbara's mamma ons een keer vertelde? Dat over Pierino Pierone?'

'O, dat!'

'Wil je dat vertellen?'

'Best, maar ik weet het niet meer helemaal.'

'Ga je het in de tent vertellen?'

'Goed.' Zo hoorden we tenminste het gekrijs in de keuken niet. Ik ging bij mijn zusje in bed liggen en we trokken het laken over ons hoofd.

'Begin maar,' fluisterde ze in mijn oor.

'Nou, er was eens een jongen, Pierino Pierone, die altijd in bomen klom om het fruit op te eten. Op een keer zat hij bovenin toen Pukkelien de heks eraan kwam. Die zei: "Pierino Pierone, geef me eens een peer, ik heb zo'n vreselijke honger," en Pierino Pierone gooide een peer naar haar.'

Ze viel me in de rede. 'Je hebt nog niet verteld hoe Pukkelien eruitzag.'

'Klopt. Ze is oerlelijk. Geen haar op haar hoofd. Ze heeft een staart, net als een paard, en een verschrikkelijk lange neus. Ze is heel groot en ze eet kleine kinderen op. En ze is getrouwd met de zwarte man...'

Onder het vertellen zag ik voor me hoe pappa Filippo's oren afsneed en in zijn zak stopte. En ze aan het spiegeltje in de vrachtwagen hing, als een soort marterstaart.

'Nietes, ze is niet getrouwd. Je moet het goed vertellen. Ik ken dat verhaal ook.'

'Pierino Pierone gooide een peer, en die kwam in een koeienvlaai terecht.'

Maria begon te lachen. Alles wat over poep ging vond ze leuk.

'Pukkelien zei nog een keer: "Pierino Pierone, geef me een peer, ik heb zo'n vreselijke honger." "Neem deze maar!" En hij gooide de peer in de koeienpis, zodat hij helemaal smerig was.'

Nog meer geproest.

'De heks vroeg het voor de derde keer. En toen gooide hij een peer in de koeienkots.'

Ze gaf me een por met haar elleboog. 'Dat staat er niet. Dat mag niet. Doe niet zo stom.'

Bij mijn zusje mag je helemaal niks aan een verhaal veranderen. 'En toen...'

Wat voerden ze daar toch uit? Ze hadden zeker een bord stukgegooid. Ik ging harder praten. 'Toen klom Pierino Pierone uit de boom en gaf hij haar een peer. Pukkelien greep hem vast, deed hem in een zak en hing die over haar schouder. Omdat Pierino Pierone paprika's had gegeten, die nogal zwaar op de maag liggen, kon de heks hem bijna niet tillen, en om de vijf minuten moest ze stilstaan, en op een gegeven moment moest ze plassen, en toen liet ze de zak los en kroop ze achter een boom. Pierino Pierone beet het touw door, kroop uit de zak en stopte er een wasbeertje in...'

'Een wasbeertje?'

Dat had ik expres gezegd, om te zien of Maria die kende.

'Ja, een wasbeertje.'

'Wat is dat?'

'Dat zijn beertjes die je kleren voor je komen wassen als je ze bij een rivier neerlegt.'

'Waar leven die?'

'In het Noorden.'

'En toen?' Maria wist dat Pierino Pierone een steen in de zak had gedaan, maar toch zei ze niks.

'Pukkelien pakte de zak en hees hem weer op haar rug, en toen ze thuiskwam zei ze tegen haar dochter: "Margherita Margherito, kom eens hier, doe de deur open voor mijn plezier, zet de braadpan op het vuur en kook Pierino Pierone gaar in een uur." Margherita Margherito zette het water op het vuur en Pukkelien kiepte de zak om en het wasbeertje sprong eruit en begon ze alletwee te bijten. Hij rende naar het erf, begon de kippen op te vreten en gooide alle rommel in de lucht. De heks werd verschrikkelijk woest en ging weer op zoek naar Pierino Pierone. Ze vond hem, stopte hem in de zak en bleef nergens meer treuzelen. Toen ze thuiskwam zei ze tegen Margherita Margherito: 'Neem hem mee en sluit hem op in de kelder, dan kunnen we hem morgen opeten...'

Ik hield op.

Maria sliep en het was een rotverhaal.

5

De volgende ochtend zag ik de oude man in de badkamer terug.

Ik deed de deur open en daar stond hij zich te scheren, over de wastafel gebogen, met zijn hoofd tegen de spiegel en een peuk die tussen zijn lippen bungelde. Hij had een versleten hemd aan en een vergeelde onderbroek, waar twee magere, onbehaarde stelten onderuitstaken. Aan zijn voeten zaten zwarte laarzen met de rits omlaag.

Er hing een zurige lucht om hem heen, verdoezeld door talkpoeder en aftershave.

Hij draaide zich naar mij om en bekeek me van top tot teen, met dikke ogen, een wang vol schuim en zijn scheermes in zijn hand. 'En wie ben jij?'

Ik zette mijn vinger op mijn borst. 'Ik?'

'Ja, jij.'

'Michele... Michele Amitrano.'

'Ik ben Sergio. Goeiemorgen.'

Ik stak mijn hand uit. 'Aangenaam.' Op school hadden ze me geleerd om zo te antwoorden.

De oude man maakte het scheermes met water schoon. 'Weet je niet dat je moet kloppen voor je de wc ingaat? Hebben je ouders je dat niet geleerd?'

'O, sorry.' Ik wilde weggaan maar bleef stokstijf staan. Zo-

93

als wanneer je iemand ziet die ongelukkig is en je toch blijft kijken, ook al wil je niet.

Hij ging weer verder met het scheren van zijn hals. 'Ben jij Pino's zoontje?'

'Ja.'

Hij keek me in de spiegel onderzoekend aan. 'Niet echt een prater, hè?'

'Nee.'

'Ik hou van rustige kinderen. Heel goed. Dat betekent dat je niet op je vader lijkt. Ben je ook gehoorzaam?'

'Ja.'

'Verdwijn dan en doe de deur achter je dicht.'

Ik rende naar mamma. Ze was in mijn kamer en haalde de lakens van Maria's bed. Ik trok aan haar jurk. 'Mamma! Mamma! Wie is die oude man in de badkamer?'

'Laat me met rust, Michele, ik ben bezig. Dat is Sergio, de vriend van je vader. Pappa heeft tegen je gezegd dat hij zou komen. Hij blijft een paar dagen bij ons.'

'Waarom?'

Ze tilde de matras op en keerde hem om. 'Omdat je vader dat heeft besloten.'

'Waar slaapt hij dan?'

'In het bed van je zusje.'

'En zij?'

'Bij ons.'

'En ik?'

'In je eigen bed.'

'Slaapt die oude man dan bij mij in de kamer?'

Mamma zuchtte: 'Ja.'

''s Nachts?'

'Wat klets je toch? Overdag soms?'

'Kan Maria niet bij die man? Dan slaap ik bij jou.'

'Niet van die gekke dingen zeggen.' Ze stopte de schone lakens in. 'Ga maar naar buiten, ik ben bezig.'

Ik liet me op de grond vallen en klemde me vast aan haar

enkels. 'Mamma, toe, alsjeblieft, ik wil niet bij die oude man slapen. Alsjeblieft, ik wil bij jou. In jouw bed.'

Ze brieste. 'Geen sprake van. Daar ben je te groot voor.'

'Mamma, alsjeblieft, ik kruip in een hoekje. Ik maak me heel klein.'

'Ik zei nee.'

'Toe nou.' Ik begon te dreinen: 'Alsjeblieft, ik zal heel stil zijn. Dat zul je zien.'

'Hou op!' Ze trok me overeind en keek me in de ogen. 'Michele, ik weet niet meer wat ik met jou aan moet. Waarom luister je nooit? Ik kan er niet meer tegen. We hebben al zoveel problemen en dan begin jij ook nog eens. Je begrijpt het niet. Alsjeblieft...'

Ik schudde mijn hoofd. 'Ik wil niet. Ik wil niet bij die man slapen. Ik ga daar niet slapen.'

Ze haalde het sloop van het kussen. 'Zo staan de zaken. Als het je niet bevalt zeg je het maar tegen je vader.'

'Maar die man neemt me mee...'

Mamma stopte met het bed en draaide zich om. 'Wat zei je daar? Zeg dat nog eens?'

Ik fluisterde: 'Hij neemt me mee...'

Ze keek me vorsend aan met haar donkere ogen. 'Wat bedoel je?'

'Jullie willen dat hij me meeneemt... Je hebt een hekel aan me. Je bent gemeen. Pappa en jij hebben een hekel aan me. Dat weet ik heus wel.'

'Wie maakt je dat soort dingen wijs?' Ze pakte me bij mijn arm maar ik rukte me los en maakte me uit de voeten.

Ik rende de trap af en hoorde dat ze me riep.

'Michele! Michele, kom hier!'

'Ik slaap daar niet. Nee, ik ga niet bij die man slapen.'

Ik rende weg, naar de beek, en klom in de johannesbroodboom.

Ik zou nooit bij die man slapen. Hij had Filippo gepakt. En zo gauw ik sliep zou hij mij ook pakken. Dan zou hij me in een zak stoppen en meenemen. En mijn oren afsnijden.

Kon je eigenlijk wel zonder oren leven? Ging je dan niet dood? Ze moesten van mijn oren afblijven. Pappa en die oude man hadden Filippo's oren vast en zeker al afgesneden. Terwijl ik in mijn boom zat had hij, in dat hol, geen oren meer.

Zouden ze zijn hoofd wel verbonden hebben?

Ik moest erheen. En ik moest hem vertellen over zijn moeder die nog steeds heel veel van hem hield en dat op de televisie had gezegd, zodat iedereen het wist.

Maar ik was bang. Als ik pappa en die oude man nou eens bij dat huis vond?

Ik keek naar de horizon. De hemel was plat, grijs, en hing laag boven de korenvelden. De heuvel lag ginds, reusachtig groot, onder een waas van hitte.

Als ik voorzichtig doe zien ze me niet, zei ik tegen mezelf.

'*O, partigiano, portami via, che mi devon seppellir. O partigiano, portami via. O bella ciao...*' ik hoorde de stem van iemand die zong.

Ik keek omlaag. Barbara Mura sleepte Togo achter zich aan, ze had een touw om zijn nek gebonden en trok hem naar het water. 'Mamma doet je lekker in bad. Straks ben je helemaal schoon. Vind je dat fijn? Natuurlijk vind je dat fijn.' Maar Togo zag er allesbehalve blij uit. Met zijn achterste op de grond zette hij zich schrap en hij zwaaide met zijn kop in een poging zich van de lus te bevrijden. 'Straks ben je heel mooi. Dan mag je mee naar Lucignano. Daar gaan we een ijsje eten en dan koop ik een halsband voor je.' Ze pakte hem stevig vast, zoende hem, trok haar sandalen uit, zette een paar stappen in de poel en duwde hem in de stinkende blubber.

Togo begon zich los te wurmen maar Barbara hield hem stevig vast, bij zijn nekvel en zijn staart. Ze duwde hem onder water, ik zag hem in de prut verdwijnen.

Ze zong weer: '*Una mattina mi son sveglata. O bella ciao! Bella ciao! Bella ciao ciao ciao!*'

Ze hield hem kopje-onder.

Ze wilde hem vermoorden.

Ik brulde: 'Wat doe je nou! Laat los!'

Barbara sprong overeind en het scheelde maar een haartje of ze was in het water gevallen. Ze liet de hond los, die boven kwam en op de kant krabbelde.

Met één sprong was ik uit de boom.

'Wat doe jij daar?' vroeg Barbara spinnijdig.

'Wat deed je met dat beest?'

'Niks. Ik waste hem.'

'Nietes. Je wilde hem doodmaken.'

'Nietes!'

'Zweer het.'

'Dat zweer ik bij God en alle heiligen!' Ze legde een hand op haar hart. 'Hij wordt helemaal opgevreten door de vlooien en de teken. Daarom deed ik hem in bad.'

Ik wist niet of ik haar moest geloven.

Ze pakte Togo, die opgetogen op een steen zat te kwispelen. De vreselijke ervaring al helemaal vergeten. 'Kijk zelf maar of het waar is wat ik zeg.' Ze tilde een oor op.

'Gatver, wat smerig.'

Om de oorschelp heen, en ook erin, wemelde het van de teken. Mijn maag draaide om in mijn lijf. Hun kopjes staken diep in de huid, ze hadden zwarte pootjes en een donkerbruine buik, zo dik en rond als een chocolade-eitje.

'Zie je wel? Ze zuigen zijn bloed op.'

Ik trok mijn neus op. 'En in de modder gaan ze weg?'

'Op de televisie zei Tarzan dat olifanten een modderbad nemen om de beestjes van hun rug te krijgen.'

'Maar Togo is geen olifant.'

'Wat maakt dat uit? Hij is wel een beest.'

'Volgens mij moet je ze uitknijpen,' zei ik. 'Met modder krijg je ze niet weg.'

'Hoe dan?'

'Met je handen.'

'En wie doet dat dan? Ik vind het eng.'

'Ik probeer het wel.' Met twee vingers pakte ik een flinke dikkerd, deed mijn ogen dicht en gaf een ruk. Togo jankte, maar het monster liet los. Ik legde het op een steen en we keken ernaar. Het zwaaide met zijn pootjes, maar kon niet wegkomen omdat het barstensvol bloed zat.

'Je moet dood, vampier! Je moet dood!' Barbara vermorzelde hem met een steen, zodat hij in een rood kloddertje veranderde.

Ik heb er minstens twintig losgetrokken. Barbara hield de hond voor me vast. Na een poosje had ik er genoeg van. Ook Togo kon er niet meer tegen. Hij jankte al als ik maar naar hem wees. 'De andere trekken we de volgende keer wel los. Goed?'

'Best.' Barbara keek om zich heen. 'Ik ga weer. En jij?'

'Ik blijf nog even.' Zodra ze weg was wilde ik de Scassona pakken en naar Filippo gaan.

Ze deed het touw weer om Togo's hals.

'Dan zien we elkaar straks?' zei ze toen ze wegliep.

'Ja.'

Ze stond stil. 'Er is iemand bij jullie thuis. Met die grijze auto. Is dat familie?'

'Nee.'

'Hij kwam vandaag ook naar ons.'

'Wat wilde hij?'

'Weet ik niet. Hij praatte met pappa. Toen gingen ze weg. Volgens mij was jouw vader er ook bij. In die grote auto.'

Natuurlijk. Ze gingen Filippo's oren afsnijden.

Ze trok een gezicht en vroeg: 'Vond jij hem aardig?'

'Nee.'

'Ik ook niet.'

Ze was even stil. Het leek wel of ze niet weg wilde. Ze draaide zich om en fluisterde: 'Bedankt.'

'Waarvoor?'

'Voor de vorige keer... Toen jij de straf in mijn plaats hebt gedaan.'

Ik haalde mijn schouders op. 'Maakt niet uit.'

'Moet je horen.' Ze werd vuurrood, keek me een seconde lang aan en zei: 'Wil je met me gaan?'

Mijn gezicht werd gloeiend heet. 'Wat?'

Ze boog haar hoofd om Togo te aaien. 'Met mij gaan.'

'Jij en ik?'

'Ja.'

Ik sloeg mijn ogen neer en keek naar de neuzen van mijn schoenen. 'Mmm, ik weet niet...'

Ze liet een ingehouden zucht ontsnappen. 'Geeft niet. We zijn toch niet even oud.' Ze haalde een hand door haar haar. 'Nou, dag.'

'Dag.'

Ze ging weg, met Togo achter zich aan.

Zomaar opeens werd ik bang van adders.

Tot dan toe had ik zelfs nooit aan adders gedacht als ik de heuvel opklom.

Telkens weer zag ik het beeld voor me van de brak die in april door een adder in zijn neus was gebeten. Het arme beest had naar adem snakkend en met starre ogen in een hoek van de schuur gelegen, met het schuim op zijn bek en zijn tong naar buiten.

'Niks meer aan te doen,' had de vader van de Doodskop gezegd. 'Het gif zit al in zijn hart.'

We stonden er in een kring omheen naar te kijken.

'Laten we hem naar Lucignano brengen, naar de dierenarts,' had ik voorgesteld.

'Weggegooid geld. Dat is een dief, die vent. Hij geeft een injectie met water en dan krijg je een dooie hond terug. Weg jullie, schiet op, laat hem maar rustig doodgaan.' Hij had ons naar buiten geduwd. Maria was gaan huilen.

Ik kroop door het graan en had het gevoel dat ik overal slangen zag schuifelen. Ik sprong op en neer als een kwartel en sloeg in het wilde weg met een dikke stok op de grond, terwijl overal krekels en sprinkhanen wegvluchtten.

De zon prikte op mijn hoofd en in mijn nek, er stond

geen zuchtje wind en in de verte hing een waas over de vlakte.

Toen ik bij de rand van het dal was kon ik niet meer. Een beetje schaduw en een slok water, dan ging het wel weer, dus liep ik het bosje in.

Maar het was niet helemaal zoals anders. Ik stond stil.

Door de vogels, de krekels en de cicades heen hoorde ik muziek.

Bliksemsnel verstopte ik me achter een boomstam.

Daarvandaan kon ik niks zien, maar het leek wel of de muziek uit het huis kwam.

Eigenlijk moest ik maken dat ik wegkwam, maar mijn nieuwsgierigheid dwong me een kijkje te gaan nemen. Als ik voorzichtig was en tussen de bomen bleef, zouden ze me niet zien. Telkens wegduikend achter de eiken naderde ik de open plek.

De muziek klonk harder. Het was een bekend lied, ik had het al heel vaak gehoord. Het werd gezongen door een blonde vrouw en een elegante man. Ik had ze op de televisie gezien. Ik vond het mooi.

Precies aan de rand van de open plek lag een met groen mos begroeid rotsblok, een goede schuilplaats, en ik kroop erachter weg.

Ik stak mijn hals uit en keek.

Voor het huis stond de 127 van Felice geparkeerd, portieren en achterklep open. De muziek kwam uit de autoradio. Het geluid was slecht, het kraakte.

Felice kwam uit de stal, in zijn onderbroek. Aan zijn voeten had hij soldatenkistjes en om zijn hals zijn eeuwige zwarte zakdoek. Hij danste met gespreide armen en heupwiegde als een buikdanseres.

'Verander nooit, verander nooit, verander nooit...' zong hij met een falsetstem met de radio mee.

Toen stond hij stil en zong met een zware stem verder.

'Je bent mijn gisteren, mijn vandaag. Je bent mijn eeuwigheid, laat me geen rust.'

En toen weer als vrouw: 'Nu kun je het toch wel proberen. Noem me je noodlot, laat je niet weerhouden.'

Hij wees op de een of ander. 'Je bent als de wind die rozen en viooltjes meevoert.'

'Woorden woorden woorden...'

'Luister naar me.'

'Woorden woorden woorden...'

'Alsjeblieft.'

Hij was fantastisch. Hij deed alles zelf. De man en de vrouw. En als man deed hij heel stoer. Met toegeknepen ogen en zijn mond halfopen.

'Woorden woorden woorden...'

'Ik zweer het je.'

Toen liet hij zich op de grond vallen, in het stof, en begon zich op te drukken. Met twee armen, met één arm, en zo, gespannen als een boog, zong hij verder.

'Woorden, woorden, woorden, woorden woorden, alleen maar woorden, woorden tussen ons.'

Ik ging maar weg.

In Acqua Traverse waren ze Annemaria koekoek aan het spelen. De Doodskop, Barbara en Remo stonden doodstil in de brandende zon, in vreemde houdingen.

Salvatore, met zijn hoofd tegen de muur, riep: 'Annemaria koekoek!' Hij draaide zich om en zag de Doodskop bewegen.

De Doodskop overdreef altijd, in plaats van drie stappen zette hij er wel vijftien, en dan was hij erbij. Dan wist hij nooit waar je het over had. Je zei dat je hem had gezien, maar hij luisterde toch niet. Volgens hem speelde de hele wereld vals. Hij niet. Hij was een heilige. En als je er iets van zei begon hij je te stompen. Wat je ook deed, hij won altijd. Zelfs van poppen zou hij nog winnen.

Langzaam fietste ik tussen de huizen door. Ik was moe en kwaad. Ik had Filippo niets over zijn mamma kunnen zeggen.

Pappa's vrachtwagen stond voor het huis, naast de grijze bestelwagen van die oude man.

Ik had honger. Ik was zonder ontbijt weggeglipt. Maar veel zin om naar boven te gaan had ik niet.

De Doodskop kwam op me af. 'Waar zat je nou?'

'Een eindje rijden.'

'Jij gaat altijd in je eentje. Waar ga je dan heen?' Hij vond het maar niks als je je eigen gangetje ging.

'Naar de beek.'

Hij keek me wantrouwig aan. 'Wat doen?'

Ik haalde mijn schouders op. 'Niks. In de boom klimmen.'

Hij trok een vies gezicht, als iemand die in een rotte appel heeft gehapt.

Togo kwam eraan en begon in mijn wiel te bijten.

De Doodskop gaf hem een schop. 'Donder op, rothond. Hij bijt je buitenband aan flarden met die klotetanden.'

Togo vloog naar Barbara, die op het muurtje zat, en sprong in haar armen. Barbara zei me gedag. Ik stak mijn hand naar haar op.

De Doodskop nam het tafereeltje goed in zich op. 'Ben je nu de vriend van die big?'

'Nee...'

Hij keek me vorsend aan om te zien of ik de waarheid sprak.

'Nee, ik zweer het!'

Hij ontspande. 'O, nou, heb je zin in een partijtje voetbal?'

Daar had ik helemaal geen zin in, maar nee zeggen was gevaarlijk. 'Is het niet te heet?'

Hij pakte mijn stuur. 'Je bent een zeikerd, weet je dat?'

Ik was bang. 'Waarom?'

De Doodskop kon plotseling woest worden en je van je fiets trekken en in elkaar slaan.

'Daarom.'

Gelukkig verscheen Salvatore net. Hij liet de bal op zijn hoofd stuiteren. Toen ving hij hem met zijn voet op en nam hij hem onder zijn arm. 'Hai, Michele.'

'Hai.'

De Doodskop vroeg: 'Heb jij zin om mee te doen?'

'Nee.'

De Doodskop kreeg de pest in. 'Stelletje klerelijers. Weten jullie wat ik doe? Ik ga naar Lucignano.' En weg was hij, witheet.

We moesten allebei lachen, toen zei Salvatore: 'Ik ga naar huis. Ga je mee, dan gaan we met mijn voetbalspel.'

'Ik heb niet zo'n zin.'

Hij gaf een klopje op mijn schouder. 'Best, dan zien we elkaar straks wel, dag.' Met de bal stuiterend liep hij weg.

Ik vond Salvatore aardig. Ik vond het prettig dat hij altijd rustig bleef en niet om de vijf minuten kwaad werd. Met de Doodskop moest je je wel drie keer bedenken voordat je iets zei.

Ik fietste door, naar de pomp.

Maria had het geblutste teiltje gepakt en gebruikte het als zwembadje voor haar Barbies.

Ze had er twee, een gewone en een pikzwarte, waarvan een arm loshing en het haar was verdwenen.

Die had ik zo toegetakeld. Op een avond had ik op de televisie het verhaal van Jeanne d'Arc gezien, en toen had ik de Barbie gepakt en in het vuur gegooid, terwijl ik brulde: 'Branden zul je, heks, branden zul je!' Toen ik merkte dat ze echt brandde had ik een voetje gegrepen en haar in de pan met minestrone gegooid.

Mamma had mijn fiets een week lang achter slot en grendel gezet en me gedwongen alle minestrone alleen op te eten. Maria had haar gesmeekt een nieuwe voor haar te kopen. 'Voor je verjaardag. Speel voorlopig maar met deze. Je moet bij dat halvegare broertje van je zijn.' Maria had van de nood een deugd gemaakt. De mooie Barbie noemde ze Paola en de verbrande Assepoester.

'Hai, Maria,' zei ik toen ik afstapte.

Ze hield haar hand boven haar ogen tegen de zon. 'Pappa liep je te zoeken... mamma is kwaad.'

'Weet ik.'

Ze pakte Assepoester en legde haar in het zwembadje. 'Je maakt haar altijd boos.'

'Ik ga naar boven.'

'Pappa zei dat hij met Sergio moet praten en niet wil dat wij in de weg lopen.'

'Maar ik heb honger...'

Ze haalde een abrikoos uit haar broekzak. 'Wil je deze?'

'Ja.' Hij was warm en zacht, maar ik at hem in één hap op en spuugde de pit ver weg.

Pappa kwam het terras op, zag me en riep: 'Michele, kom eens hier.' Hij droeg een overhemd en een korte broek.

Ik wilde er niet over praten. 'Kan niet, ik moet nog iets doen.'

Hij maakte een gebaar dat ik boven moest komen. 'Kom hier.'

Ik zette mijn fiets tegen de muur en ging gedwee, met gebogen hoofd, de trap op.

Pappa ging op de bovenste tree zitten. 'Kom eens hier, naast me.' Hij haalde een pakje Nazionale uit zijn borstzakje, pakte een sigaret, deed die in het pijpje en stak hem aan.

'We moeten eens praten, jij en ik.'

Hij leek me niet echt woedend.

We bleven stil zitten kijken naar de gele akkers voorbij de daken.

'Warm hè,' zei hij.

'Nou.'

Hij blies een rookwolk weg. 'Waar zit jij de hele dag, mogen we dat weten?'

'Nergens.'

'Onzin. Je gaat wel degelijk ergens heen.'

'Rondrijden in de buurt.'

'Alleen?'

'Ja.'

'Wat is er aan de hand? Vind je het niet leuk met je vriendjes?'

'Best wel. Maar ik vind het ook leuk om alleen te zijn.'

Hij knikte van ja, zijn ogen in de leegte. Ik keek naar hem op. Hij leek ouder geworden, tussen zijn zwarte haren zag ik hier en daar een grijze, zijn wangen waren ingevallen en hij zag eruit alsof hij een week niet had geslapen.

'Je hebt je moeder boos gemaakt.'

Ik plukte een takje uit een pot rozemarijn en liet het in mijn handen ronddraaien. 'Niet expres.'

'Ze zei dat je niet bij Sergio wilt slapen.'

'Daar heb ik geen zin in...'

'Hoezo?'

'Omdat ik bij jullie wil slapen. In jullie bed. Allemaal bij elkaar. Als we dicht tegen elkaar liggen gaat het best.'

'Wat zal Sergio wel denken als je niet bij hem slaapt?'

'Kan me niet schelen.'

'Zo ga je niet met gasten om. Stel je voor dat jij bij iemand gaat logeren en niemand wil bij jou slapen. Wat zou jij dan denken?'

'Dat zou me niks kunnen schelen, ik zou best een kamer voor mezelf willen. Net als in een hotel.'

Heel even glimlachte hij en met twee vingers gooide hij zijn peukje op de weg.

Ik vroeg: 'Is Sergio de baas? Blijft hij daarom bij ons logeren?'

Hij keek me verbaasd aan. 'Hoezo de baas?'

'Nou, hij maakt uit wat er gebeurt.'

'Nee hoor, hij maakt niks uit. Het is een vriend van me.'

Dat was niet waar. Die oude man was geen vriend, hij was de baas. Dat wist ik best. Hij mocht pappa zelfs uitschelden.

'Pappa, waar slaap jij eigenlijk als je naar het Noorden gaat?'

'Hoezo?'

'Zomaar.'

'In een hotel, net hoe het uitkomt, soms in de vrachtwagen.'

'Maar wat gebeurt er 's nachts in het Noorden?'

Hij keek me aan, zuchtte diep en vroeg: 'Wat is er toch? Ben je niet blij dat ik terug ben?'

'Jawel.'

'Zeg het eens eerlijk.'

'Ik ben wel blij.'

Hij sloeg zijn armen stevig om me heen. Ik rook zijn zweet. Hij fluisterde in mijn oor: 'Hou me eens goed vast Michele, hou me goed vast. Laat eens voelen hoe sterk je bent.'

Ik sloeg mijn armen zo stevig als ik maar kon om hem heen en ik moest huilen. De tranen liepen over mijn wangen en mijn keel zat dicht.

'Wat doe je nou? Huil je?'

'Nee, ik huil niet,' snikte ik.

Hij haalde een verkreukelde zakdoek uit zijn zak. 'Droog je tranen, als iemand je ziet denkt hij dat je een meisje bent. Michele, ik heb het op het moment heel druk, dus je moet doen wat er gezegd wordt. Je moeder is het zat. Hou op met je kuren. Als je lief bent neem ik je mee naar zee zo gauw ik klaar ben. Dan huren we een waterfiets.'

Met een bibberstem: 'Wat is een waterfiets?'

'Een bootje dat in plaats van roeispanen trappers heeft, net als een fiets.'

Ik veegde mijn tranen weg. 'Kun je daar helemaal mee naar Afrika?'

'Je moet wel flink trappen om in Afrika te komen.'

'Ik wil weg uit Acqua Traverse.'

'Wat is er dan, vind je het hier niet meer fijn?'

Ik gaf zijn zakdoek terug. 'Laten we naar het Noorden gaan.'

'Waarom wil je hier weg?'

'Weet ik niet... Ik vind het hier niet meer fijn.'

Hij staarde in de verte. 'We gaan ook.'

Ik trok nog een takje van de rozemarijn. Het rook lekker. 'Weet jij wat wasbeertjes zijn?'

Hij trok zijn wenkbrauwen op. 'Wasbeertjes?'

'Ja.'

'Nee, wat dan?'

'Weet ik niet... Beertjes die de was doen... Maar misschien bestaan ze niet echt.'

Pappa ging staan en rekte zich uit. 'Aaah, hoor eens, ik ga weer naar binnen, ik moet met Sergio praten. Waarom ga je niet spelen? Straks gaan we eten.' Hij deed de deur open en wilde net naar binnen lopen, maar bleef nog even staan. 'Mamma heeft tagliatelle klaargemaakt. Na het eten zeg je dat het je spijt.'

Op dat moment kwam Felice aan. Hij remde zo hard dat een hele wolk stof opwaaide en stapte uit zijn 127 alsof er een zwerm wespen in zat.

'Felice,' riep pappa, 'kom even boven.'

Felice knikte en toen hij langs me liep gaf hij een tik op mijn nek en zei: 'Hoe is het, droppie?'

Nu was er niemand bij Filippo.

De emmer met poep was vol. Het pannetje met water leeg.

Filippo hield de deken om zijn hoofd. Hij had niet eens gemerkt dat ik het hol in was gekomen.

Zijn enkel zag er volgens mij nog slechter uit, dikker en paars. De vliegen kropen eroverheen.

Ik liep naar hem toe. 'Hé.'

Hij liet niet blijken dat hij me had gehoord.

'Hé, hoor je me?' Ik liep nog dichter naar hem toe. 'Hoor je me?'

Hij zuchtte: 'Ja.'

Dan had pappa zijn oren nog niet afgesneden.

'Jij heet Filippo, hè?'

'Ja.'

Ik had het onderweg geoefend: 'Ik kom om iets heel belangrijks tegen je te zeggen. Nou... Je moeder zegt dat ze van je houdt. En ze zegt dat ze je mist. Dat zei ze gisteren op de televisie. Op het nieuws. Ze zei dat je niet bang moet zijn... en dat ze niet alleen je oren wil maar jou helemaal.'

Niks.

'Heb je me gehoord?'

Niks.

Ik zei het nog eens: 'Nou... Je moeder zegt dat ze van je houdt. En ze zegt dat ze je mist. Dat zei ze gisteren op de televisie. Ze zei dat je niet bang hoeft te zijn... en dat ze niet alleen je oren wil.'

'Mamma is dood.'

'Hoezo dood?'

Van onder de deken antwoordde hij: 'Mamma is dood.'

'Wat klets je nou. Ze leeft. Ik heb haar zelf gezien, op de televisie...'

'Nietwaar, ze is dood.'

Ik legde mijn hand op mijn hart. 'Ik zweer je bij het hoofd van mijn zusje Maria dat ze leeft. Ik heb haar gisteravond gezien, ze was op de televisie. Niks aan de hand. Ze is blond, mager, een beetje oud... maar wel mooi. Ze zat in een hoge leunstoel, een bruine. Heel groot. Net als die van een koning. En achter haar hing een schilderij met een schip. Klopt dat of niet?'

'Ja, het schilderij met het schip...' Hij praatte zachtjes, zijn woorden werden gesmoord door de wol.

'En je hebt een elektrische trein. Met een locomotief waar rook uit komt. Ik heb het zelf gezien.'

'Die heb ik niet meer. Die is kapot. Het kindermeisje heeft hem weggegooid.'

'Het kindermeisje? Wie is dat?'

'Liliana. Die is ook dood. Peppino is ook dood. En pappa ook. En oma Arianna is dood. En mijn broertje is dood. Iedereen is dood. Ze zijn allemaal dood en ze wonen allemaal in holen. In een ervan zit ik. Allemaal. De wereld zit vol holen met doden erin. En de maan is ook een bol met holen en daar zitten weer andere doden in.'

'Niet waar.' Ik legde mijn hand op zijn rug. 'Daar kun je niks van zien. De maan is net als altijd. En je moeder is niet dood. Ik heb haar zelf gezien. Je moet luisteren naar wat ik zeg.'

Hij was even stil, toen vroeg hij: 'Waarom komt ze dan niet hierheen?'

Ik schudde mijn hoofd. 'Weet ik niet.'

'Waarom komt ze me niet halen?'

'Weet ik niet.'

'En waarom ben ik hier?'

'Weet ik niet.' Toen zei ik, zo zachtjes dat hij me niet kon horen: 'Mijn pappa heeft je hier gebracht.'

Hij gaf me een schop. 'Jij weet niks. Laat me met rust. Jij bent mijn engelbewaarder niet. Je bent gemeen. Ga maar weg.' En hij begon te huilen.

Ik wist niet wat ik moest doen. 'Ik ben niet gemeen. Ik kan er niks aan doen. Niet huilen, alsjeblieft.'

Hij bleef schoppen. 'Ga weg. Ga maar weg.'

'Luister nou...'

'Ga weg!'

Ik sprong overeind. 'Ik ben voor jou hierheen gekomen, ik heb dat hele eind twee keer gereden en jij jaagt me weg. Best, ik ga al, maar als ik wegga kom ik niet meer terug. Nooit meer. Dan blijf je voorgoed hier, helemaal alleen, en ze willen allebei je oren afsnijden.'

Ik pakte het touw en begon omhoog te klimmen. Ik hoorde hem huilen. Net of hij stikte.

Ik kroop het hol uit en zei: 'En je engelbewaarder ben ik niet.'

'Wacht...'

'Wat is er?'

'Blijf nou.'

'Nee. Je zei dat ik weg moest en nou ga ik.'

'Alsjeblieft, blijf nou.'

'Nee!'

'Alsjeblieft, vijf minuutjes maar.'

'Goed dan. Vijf minuutjes. Maar als je zo raar doet ga ik weg.'

'Ik zal het niet meer doen.'

Ik ging naar beneden, hij voelde aan mijn voet.

'Waarom kom je niet onder die deken vandaan?' vroeg ik, en hurkte naast hem.

'Dat gaat niet. Ik ben blind...'

'Hoezo blind?'

'Mijn ogen gaan niet open. Ik wil ze wel opendoen maar ze zitten dicht. In het donker kan ik wel zien. In het donker ben ik niet blind.' Opeens leefde hij op. 'Weet je, ze hadden gezegd dat je zou terugkomen?'

'Wie?'

'De wasbeertjes.'

'Hou nou eens op met die wasbeertjes. Pappa zei dat ze niet bestaan. Heb je dorst?'

'Ja.'

Ik maakte mijn tas open en haalde de fles eruit. 'Hier.'

'Kom eens hier.' Hij tilde de deken op.

Ik trok een vies gezicht. 'Daaronder?' Dat leek me een beetje eng. Maar dan kon ik wel zien of zijn oren nog op hun plaats zaten.

Hij raakte me overal aan. 'Hoeveel jaar ben jij?' Zijn vingers streken over mijn neus, mijn mond, mijn ogen.

Ik hield me stokstijf. 'Negen. En jij?'

'Negen.'

'Wanneer ben jij geboren?'

'Twaalf september. En jij?'

'Twintig november.'

'Hoe heet je?'

'Michele. Michele Amitrano. In welke klas zit jij?'

'De vierde. En jij?'

'De vierde.'

'Net als ik.'

'Net als jij.'

'Ik heb dorst.'

Ik gaf hem de fles.

Hij dronk wat. 'Lekker. Wil jij wat?'

Ik dronk ook een slokje. 'Mag ik de deken een beetje om-hoogdoen?' Ik hield het niet uit van de hitte en de stank.

'Een klein stukje.'

Ik trok de deken net genoeg weg om lucht te krijgen en zijn gezicht te zien.

Hij was pikzwart. Smerig. Zijn dunne blonde haar zat vol aarde en vormde één harde, droge klit. Zijn oogleden zaten potdicht door het opgedroogde bloed. Zijn lippen waren zwart en gebarsten, zijn neusgaten verstopt door snot en korsten.

'Zal ik je gezicht wassen?' vroeg ik.

Hij rekte zijn hals, tilde zijn gezicht op, en op zijn gehavende lippen verscheen een glimlach. Zijn tanden waren zwart geworden.

Ik trok mijn T-shirt uit, maakte het nat en begon zijn gezicht schoon te maken.

Waar ik wreef zag je zijn witte vel, zo wit dat het wel doorschijnend leek, net als het vlees van gekookte vis. Eerst zijn voorhoofd, toen zijn wangen.

Toen ik zijn ogen nat maakte zei hij: 'Zachtjes, het doet pijn.'

'Ik doe zachtjes.'

Ik kreeg de korsten niet los. Maar ik wist dat het net zulke korsten waren als honden wel eens hadden. Als je die weghaalt kunnen honden weer kijken. Ik maakte ze telkens opnieuw nat, tot ze zo zacht waren dat één ooglid openging – en meteen weer dicht. Heel even maar, net genoeg om te voelen hoe veel pijn een lichtstraaltje in zijn ogen deed.

'Auauau,' brulde hij en stak zijn hoofd onder de deken, net als een struisvogel.

Ik rammelde hem door elkaar. 'Zie je wel? Zie je wel? Je bent niet blind, je bent helemaal niet blind!'

'Ik kan ze niet openhouden.'

'Dat komt doordat je almaar in het donker zit. Maar je ziet wel wat, ja toch?'

'Ja. Je bent klein.'

'Ik ben niet klein. Ik ben al negen.'

'Je hebt zwart haar.'

'Klopt.'

Het was al heel laat, ik moest naar huis. 'Maar nu moet ik weg. Morgen kom ik weer.'

Met zijn hoofd onder de deken zei hij: 'Beloofd?'

'Beloofd.'

Toen die oude man mijn kamer in kwam was ik net bezig de monsters op een dwaalspoor te brengen.

Als klein kind droomde ik altijd over monsters. En ook nu ik volwassen ben gebeurt dat me nog wel eens, alleen kan ik ze nu niet meer om de tuin leiden.

Ze wachtten alleen tot ik sliep en dan begonnen ze me bang te maken.

Tot ik op een nacht een manier bedacht om geen akelige dromen meer te krijgen.

Ik had een plekje gevonden waar ik die misvormde, angstaanjagende wezens kon opsluiten om ongestoord te kunnen slapen.

Ik ontspande me en wachtte tot mijn oogleden zwaar werden, en net als ik op het punt stond in slaap te vallen, precies op dat moment, stelde ik me voor dat ik ze allemaal tegelijk een helling op zag lopen, net als de processie van de Madonna van Lucignano.

Pukkelien de heks, met haar bochel en haar rimpels. De weerwolf op vier poten, met gescheurde kleren en witte slagtanden. De zwarte man, een schim die als een slang over de stenen gleed. Lazarus, een door insecten aangevreten lijk met een wolk vliegen om zich heen. De boze reus met zijn piepkleine oogjes en zijn dikke buik, zijn zevenmijlslaarzen en een zak vol kinderen over zijn schouder. Zigeuners, een soort vossen op kippenpoten. De man met de hoepel, een kerel in een felblauwe overal met een lichtgevende hoepel die hij heel ver weg kon gooien. De vissenman die op de bodem van de zee woonde en zijn moeder op zijn rug droeg. Het octopusjongetje, dat was geboren met tentakels in plaats van armen en benen.

Daar gingen ze, met z'n allen. Zonder precies te weten waarheen. Ze zagen er vreselijk uit, en toch stond niemand stil om naar ze te kijken.

Plotseling verscheen er dan een bus, helemaal goudkleurig, met bellen en gekleurde lampjes. Op het dak stond een luidspreker die schetterde: 'Dames en heren, stap in de wensbus! Stap in deze prachtige bus, die u allemaal naar het circus brengt zonder dat het u ene cent kost! Heden gratis naar het circus! Stap maar in! Stap maar in!'

Dolblij met dat onverwachte buitenkansje stapten alle monsters in. Op dat moment stelde ik me voor hoe er een opening in mijn buik verscheen, een grote spleet waar ze allemaal nietsvermoedend in verdwenen.

Die stommelingen dachten dat het een circus was. Dan sloot ik de opening en zaten ze in de val. Nu hoefde ik alleen maar met mijn handen op mijn buik te gaan slapen om geen akelige dromen te krijgen.

Ik had ze net in de val gelokt toen die oude man binnenkwam, waardoor ik werd afgeleid en mijn handen weghaalde, zodat ze ontsnapten. Ik hield mijn ogen dicht en deed net of ik sliep.

Hij maakte een hoop herrie. Hij sleepte met zijn koffers, hoestte, snoot zijn neus.

Ik sloeg een arm om mijn hoofd en keek stiekem wat hij uitspookte.

Een hoek van de kamer werd beschenen door een enkel straaltje licht. Hij zat op Maria's bed. Mager, krom, donker. Hij rookte. Als hij inhaleerde zag ik zijn haviksneus en zijn diepliggende ogen rood oplichten. Ik rook tabakslucht en eau de cologne. Zo nu en dan schudde hij zijn hoofd. Dan blies hij, alsof hij met iemand ruzie zat te maken.

Hij begon zich uit te kleden, trok zijn laarzen uit, zijn sokken, zijn broek, zijn overhemd. Zijn onderbroek hield hij aan. Zijn vel hing slap, alsof ze het om zijn lange botten heen hadden genaaid. Zijn sigaret gooide hij het raam uit. Het peukje verdween in de nacht als een gloeiend brokje lava. Hij schudde zijn haar los en leek wel een oude, zieke Tarzan. Toen ging hij op bed liggen.

Nu zag ik hem niet meer, maar hij lag vlakbij. Nog geen halve meter van mijn voeten. Als hij een hand uitstak had hij mijn enkel te pakken. Als een egel rolde ik me in elkaar.

Ik mocht niet gaan slapen. Als ik in slaap viel kon hij me pakken. Ik moest iets bedenken. Spijkers in mijn bed. Dan viel ik niet in slaap.

Hij schraapte zijn keel. 'Je stikt hierbinnen van de hitte. Hoe hou je het uit.'

Ik hield mijn adem in.

'Ik weet best dat je niet slaapt.'

Hij wilde me erin laten lopen.

'Je bent een slimmerik... Je moet me niet, hè?'

Nee, ik moet je niet! had ik willen antwoorden. Maar dat kon niet. Ik sliep. En ook als ik wakker was geweest had ik dat nooit durven zeggen.

'Mijn eigen kinderen moeten me ook niet.' Hij pakte een fles van de grond die mamma daar speciaal voor hem had neergezet, en nam een paar slokken. 'Zo lauw als pis,' klaagde hij. 'Ik had er twee. De ene leeft nog, maar die lijkt wel dood. De ander is dood, maar die lijkt wel levend. De levende heet Giuliano. Die is ouder dan jij. Die woont niet meer in Italië. Hij is weggegaan, naar India... Vijf jaar geleden. Hij woont in een commune. Ze hebben zijn hersens volgepompt met allerlei onzin. Zijn hoofd is kaalgeschoren, hij kleedt zich helemaal in het oranje en denkt dat hij nu ook een Indiër is. Hij gelooft ook dat je een heleboel keren leeft. Hij zit tot zijn nek vol drugs en zal daarginds als een hond creperen. Ik ga er echt niet heen om hem te halen...'

Hij kreeg een hoestbui. Een droge hoest. Zijn longen uit zijn lijf. Hij kreeg weer lucht en ging door: 'Francesco is vijf jaar geleden gestorven. In oktober zou hij tweeëndertig zijn geworden. Dat was een fijne jongen, ik was gek op hem.' Hij stak nog een sigaret op. 'Op een dag leerde hij een meisje kennen. Zodra ik haar zag vond ik het niks, meteen al niet. Ze zei dat ze gymlerares was. Een hoer. Zo'n mager blondje... Half Slavisch. Slaven zijn het ergste. Ze heeft hem ingepakt, als een snoepje. Ze had geen rooie cent, zag Francesco en heeft zich aan hem vastgeklampt, want Francesco was een aardige jongen, gul, zo eentje die zich uiteindelijk door iedereen in de maling laat nemen. Geen idee wat ze heeft geflikt om hem zo gek te krijgen. Naderhand hebben ze verteld dat die hoer het met een soort tovenaar hield. Een klootzak die hem op een of andere manier in zijn macht had. Met zijn tweeën hebben ze hem onder handen genomen, hij was totaal verzwakt. Hij werd broodmager. Het was een sterke jongen maar hij zag eruit als een geraamte en kon niet meer op zijn benen staan. Op een dag komt hij naar me toe en zegt dat hij gaat trouwen. Niks meer aan te doen. Ik probeerde hem duidelijk te maken dat die meid zijn ondergang werd, maar het was uiteindelijk zíjn leven. Ze zijn getrouwd en met de auto op huwelijksreis gegaan, naar Positano en Amalfi, aan de kust. Er gaan twee dagen voorbij en hij laat niks horen. Dat is normaal, zeg ik, ze zijn op huwelijksreis. Hij belt nog wel. Maar wie denk je dat er belt? Het politiebureau in Sorrento. Ze zeggen dat ik meteen moet komen. Ik vraag waarom. Dat kunnen ze niet door de telefoon zeggen. Ik moet erheen als ik het wil weten. Ze zeggen dat het om mijn zoon gaat. Maar hoe moest ik daar godverdomme komen? Ik kon er niet heen. Als ze me natrokken was ik erbij. Ik werd gezocht omdat ik me na mijn verlof niet meer had gemeld. Dan zouden ze me weer opsluiten. Ik heb ze laten bellen door iemand die ik kende, iemand met connecties. En die zegt dat mijn zoon dood is. Hoezo dood? Die vent zegt dat hij er zelf een eind aan heeft gemaakt, dat hij zich van een steile helling heeft laten vallen. Dat hij tweehonderd meter omlaag is gedoken en op de rotsen te pletter geslagen. Mijn zoon? Francesco die er zelf een eind aan maakt? Maak dat de kat wijs. Ik kon er niet heen. Toen heb ik dat stuk onbenul van een moeder van hem gestuurd om te zien wat er gebeurd was.'

'Wat was er dan gebeurd?' flapte ik eruit.

'Volgens hen was Francesco langs de weg gestopt om naar het uitzicht te kijken. Zij zat in de auto, hij maakte een foto van haar, klom over het muurtje en gooide zich omlaag. Iemand maakt zeker eerst een foto van zijn vrouw en gooit zich dan omlaag. Die man zegt dat hij totaal verbrijzeld was toen ze hem vonden, met zijn pik uit zijn broek en zijn fototoestel om zijn nek. Denk jij dat iemand die er een eind aan wil maken eerst een foto maakt, zijn pik uit zijn broek haalt en zich dan laat vallen? Wat een flauwekul. Ik weet wel hoe het is gegaan... Niks geen uitzicht. Francesco is gestopt omdat hij moest pissen. Dat wilde hij niet langs de weg doen, het is een nette jongen. Hij is over het muurtje geklommen, heeft zijn behoefte gedaan en die hoer heeft hem een zet gegeven. Maar niemand gelooft me. Eén duw en weg was-ie, vermoord.'

'Waarom dan?'

'Precies. Waarom? Weet ik niet. Hij had geen cent. Ik weet het echt niet. Ik kan er 's nachts niet van slapen. Maar ik heb het dat wijf wel betaald gezet... Ik heb haar... Ach, laat maar zitten, het is al laat. Welterusten.'

Hij gooide zijn sigaret het raam uit en ging slapen. Na twee minuten sliep hij en na drie minuten lag hij te snurken.

6

Toen ik wakker werd was hij er niet meer. Hij had het bed niet opgemaakt, er lag een verfrommeld pakje Dunhill op de vensterbank, een onderbroek op de grond, en de fles water was halfleeg.

Het was warm. De cicaden sjirpten.

Ik stond op en keek in de keuken. Mamma stond te strijken en luisterde naar de radio. Mijn zusje zat op de grond te spelen. Ik deed de deur dicht.

De koffer van de oude man stond onder het bed. Ik maakte hem open en keek erin.

Kleren, een flesje parfum. Een fles Stock '84. Een slof sigaretten. Een map met een stapeltje foto's erin. De bovenste was van een lange, magere jongen in een blauwe monteursoveral. Hij glimlachte. Hij leek op de oude man. Francesco, de jongen die zich had laten vallen met zijn pik uit zijn broek.

Er zaten ook krantenknipsels in de map. Die gingen over de dood van Francesco. Er was ook een foto van zijn vrouw. Ze leek wel een danseres van de televisie. Ik vond ook een schoolschriftje met een gekleurde plastic kaft. Ik sloeg het open. Voorin stond: Dit schrift is van Filippo Carducci. Vier C.

De eerste bladzijden waren eruit gescheurd. Ik bladerde

het door. Er stonden dictees in en samenvattingen en een opstel.

Vertel wat je zondag hebt gedaan.

Zondag is pappa teruggekomen. Pappa woont meestal in Amerika en komt af en toe naar huis. Hij heeft een villa met een zwembad en een duikplank en er zijn wasbeertjes. Die wonen in de tuin. Ik wil er graag heen. Hij is in Amerika voor zijn werk en als hij naar huis komt brengt hij altijd cadeautjes voor me mee. Deze keer heeft hij een soort tennisrackets voor me meegebracht die je onder je voeten moet binden om op de sneeuw te kunnen lopen. Anders zak je weg en kun je doodgaan. Als ik de bergen in ga moet ik ze gebruiken als ik over de sneeuw loop. Pappa zei dat de eskimo's die rackets gebruiken. Eskimo's wonen op het ijs bij de pool en hebben ook huizen van ijs. Er staat geen koelkast in, omdat die nergens voor nodig is. Ze eten heel veel zeehonden en soms pinguïns. Hij zei dat hij me een keer zal meenemen. Ik vroeg of Peppino dan ook meemocht. Peppino is onze tuinman en die moet alle planten snoeien en als het winter is moet hij alle blaren van het grasveld halen. Peppino is zeker honderd en als hij een plant ziet snoeit hij hem meteen. Hij wordt snel moe en 's avonds moet hij met zijn voeten in het warme water. Als hij met ons meegaat naar de noordpool hoeft hij niets te doen, want daar zijn geen planten, er is alleen sneeuw, en dan kan hij uitrusten. Pappa zei dat hij er nog eens over moet nadenken of Peppino mee mag. Nadat we op het vliegveld waren geweest zijn we in het restaurant gaan eten, ik, pappa en mamma. Ze hadden het erover waar ik naar de middelbare school ga. Of ik in Pavia zal blijven of naar Amerika zal gaan. Ik zei niks, maar ik ga liever naar Pavia, waar al mijn vriendjes ook heengaan. In Amerika kan ik met de wasbeertjes spelen. Na het eten gingen we naar huis en daar heb ik nog een keer gegeten en toen ging ik naar bed. Dit is wat ik zondag heb gedaan. Mijn huiswerk had ik zaterdag al gedaan.

Ik deed Filippo's schrift dicht en stopte het weer in de map.

Onder in de koffer lag een opgerolde handdoek. Ik maakte hem open en er zat een pistool in. Ik kon mijn ogen er niet van af houden. Het was groot, met een houten kolf, en het was zwart. Ik pakte het op. Het woog loodzwaar. Misschien was het wel geladen. Ik legde het weer terug.

'Daar liep ik door een wei, achter een libelle aan, op de dag dat ik brak met het verleden,' zongen ze op de radio.

Mamma maakte danspassen onder het strijken en zong mee: 'Toen ik dacht dat ik hem had, viel ik languit.'

Ze was vrolijk. Al een week lang was ze erger dan een dolle hond en nu stond ze opgewekt te zingen, met die hese mannenstem van haar: 'Je dwaze woorden, je vulgaire toespelingen alarmeerden mij...'

Terwijl ik mijn kamer uit kwam maakte ik de knoop van mijn broek dicht. Ze glimlachte: 'Kijk eens aan! En die kon niet slapen als er logés zijn... Goeiemorgen! Geef me eens een zoen. Een hele dikke wil ik. Laat maar eens zien hoe jij kunt zoenen.'

'Vang je me op?'

'Ja. Ik vang je op.'

Ik nam een aanloop en sprong in haar armen, en ze plukte me uit de lucht en gaf me een klinkende zoen op mijn wang. Toen greep ze me stevig vast en liet ze me rondraaien. Ik gaf haar natuurlijk een heleboel zoenen terug.

'Ik ook, ik ook,' gilde Maria. Ze gooide haar poppen in de lucht en klampte zich aan ons vast.

'Eerst ik, eerst ik, weg jij,' zei ik tegen haar.

'Michele, niet doen.' Mamma pakte Maria ook op. 'Alletwee.' Toen begon ze door de kamer te zwieren terwijl ze uit volle borst zong: 'Het magazijn staat vol met kisten, sommige zwart, sommige rood, sommige geel...'

Van de ene kant naar de andere. Van de ene kant naar de andere. Tot we op de bank ploften.

'Moet je horen... Mijn hart... Horen jullie het hart... van jullie... moeder... die gaat sterven...' Ze hijgde helemaal. We legden een hand op haar borst, daaronder voelde je trom-geroffel.

Zo bleven we dicht bij elkaar zitten, lekker in de kussens. Toen fatsoeneerde mamma haar haar en vroeg: 'Dus Sergio heeft je vannacht niet opgegeten?'

'Nee.'

'Heeft hij je uit je slaap gehouden?'

'Nee.'

'Snurkte hij?'

'Ja.'

'Hoe snurkte hij? Laat eens horen?'

Ik probeerde hem na te doen.

'Maar dat klinkt als een varken. Zo doen varkens. Maria, laat eens horen hoe papa snurkt.'

En Maria deed pappa na.

'Jullie kunnen het niet. Ik zal pappa eens laten horen.'

Ze deed hem precies na, compleet met zijn gefluit.

We moesten vreselijk lachen.

Ze stond op en trok haar jurk omlaag. 'Ik zal je melk op-warmen.'

Ik vroeg: 'Waar is pappa?'

'Weg, met Sergio mee... Hij zei dat hij ons volgende week meeneemt naar zee. En dan gaan we ook in een restaurant mosselen eten.'

Maria en ik begonnen op de bank te springen. 'Naar zee! Naar zee! Mosselen eten!'

Mamma keek naar de velden en toen deed ze de luiken dicht. 'Laten we er het beste van hopen.'

Ik ging ontbijten. Er was cake. Ik doopte twee plakken in de melk en at ze op. Zonder dat iemand het zag sneed ik er nog een af, rolde hem in een papieren servetje en stopte hem in mijn zak.

Filippo zou er blij mee zijn.

Mamma ruimde af. 'Als je klaar bent moet je dit gebak naar het huis van Salvatore brengen. Trek een schoon T-shirt aan.'

Mamma kon heel goed koken en als ze taarten of brood bakte, of een maccaroni-ovenschotel, maakte ze altijd wat meer en dat verkocht ze dan aan de moeder van Salvatore.

Ik poetste mijn tanden, trok mijn T-shirt van de Olympische Spelen aan en liep met de taartvorm in de handen de deur uit.

Er stond geen wind. De zon stond loodrecht boven de huizen.

Maria zat met haar Barbies in een randje schaduw op de trap. 'Kun jij een poppenhuis maken?'

'Natuurlijk.' Ik had het nog nooit gedaan, maar het was vast niet moeilijk. 'In pappa's vrachtwagen staat een grote doos. Die kunnen we uit elkaar halen en er een huis van maken. En het dan verven. Maar nu heb ik geen tijd. Ik moet naar Salvatore.' Ik liep de weg op.

Er was niemand. Alleen wat kippen die in het stof rondscharrelden en zwaluwen die onder de daken glipten.

Uit de schuur klonken geluiden. Ik liep er naar toe. De kofferbak van Felices 127 stond open en de auto helde helemaal naar een kant over. Er staken twee grote, zwarte soldatenkistjes onderuit.

Als Felice in Acqua Traverse was sleutelde hij altijd aan zijn auto. Hij waste hem, smeerde hem door, stofte hem af en had er zelfs een brede, zwarte band over geschilderd, alsof het een Amerikaanse politieauto was. Hij haalde de motor uit elkaar en kreeg hem dan niet meer in elkaar, of hij raakte een paar bouten kwijt en dan moesten wij helemaal naar Lucignano om ze voor hem te kopen.

'Michele, Michele, kom eens hier!' brulde Felice van onder de auto.

Ik stond stil. 'Wat is er?'

'Help me eens.'

'Kan niet. Ik moet iets voor mijn moeder doen.' Ik wilde de taart naar Salvatores mamma brengen, op mijn Scassona springen en dan snel naar Filippo.

'Kom hier.'

'Kan niet. Ik moet iets doen.'

Hij gromde: 'Als je niet hier komt vermoord ik je...'

'Wat is er dan?'

'Ik zit vast, ik kan niet op of neer. Er is een wiel losge-schoten terwijl ik eronder lag, godverdegodver. Ik lig hier al een halfuur!'

Ik keek onder de kap. Door de motor heen zag ik zijn ge-zicht, zwart van de smeerolie, en zijn wanhopige rode ogen. 'Zal ik je vader roepen?'

Felices vader was in zijn jeugd automonteur geweest. En als Felice aan zijn auto sleutelde werd hij witheet van woe-de.

'Ben je belazerd. Die trapt me helemaal verrot... Help me maar.'

Ik kon gewoon weggaan en hem laten liggen. Ik keek eens om me heen.

'Laat dat maar uit je hoofd... Ik kom hier heus wel uit en als ik eronderuit ben sla ik je tot moes. Dan blijft er niks an-ders van je over dan een graf waar je ouders bloemen ko-men neerleggen.'

'Wat moet ik doen?'

'Pak de krik uit de auto en zet die naast het wiel.'

Ik zette hem neer en draaide aan de slinger. Langzaam kwam de auto omhoog.

Felice gaf zachte vreugdekreetjes: 'Zo ja, zo, dan kan ik weg. Goed zo!'

Hij gleed eronderuit. Zijn overhemd zat vol zwarte smeer. Hij haalde een hand door zijn haar. 'Ik dacht dat ik dood-ging. Ik heb geen rug meer over. Allemaal de schuld van die klootzak uit Rome.' Vloekend begon hij zich op te drukken.

'Die oude man?'

'Ja. Ik haat hem.' Hij ging weer staan en begon tegen de zakken maïs te schoppen. 'Ik zei dat ik daar niet met de au-to kan komen. Op die weg gaan mijn schokdempers eraan, maar die vent laat je gewoon lullen. Waarom gaat-ie zelf niet met die klotemercedes van hem. Waarom doet hij niet mee? Ik ben het strontzat. En niet zus doen en niet zo doen. Hij maakt me voor rotte vis uit, alleen omdat ik een paar keer naar zee ben geweest. Het ging veel beter toen die klerelijer er nog niet was. Maar ik ga hier weg...' Hij gaf de tractor een zet en koelde zijn woede door een paar houten kisten te versplinteren.

'Als-ie nog één keer zegt dat ik een idioot ben geef ik hem zó'n klap dat je hem van de muur moet krabben. En hoe kom ik nou verdomme boven...' Plotseling hield hij op en bedacht hij dat ik er ook nog was. Hij greep me bij mijn T-shirt, tilde me op en hield mijn gezicht voor zijn neus. 'Aan niemand vertellen wat ik heb gezegd, gesnapt? Als ik erachter kom dat je één woord hebt doorgeluld snij ik je pikkie af en dan eet ik het op, bij de broccoli...' Hij haalde een mes uit zijn zak. Het lemmet schoot eruit, op twee centimeter van het puntje van mijn neus. 'Begrepen?'

'Begrepen,' stotterde ik.

Hij gooide me op de grond. 'Aan niemand. En nou wegwezen.' Toen begon hij in de schuur te rommelen.

Ik pakte de taart en maakte dat ik weg kwam.

De familie Scardaccione was de rijkste van heel Acqua Traverse.

Salvatores vader, advocaat Emilio Scardaccione, had ontzettend veel land. Vooral in de hooitijd waren er flink wat mensen voor hem aan het werk. Die kwamen van buiten. Van ver. Met vrachtwagens. Lopend.

Ook pappa had, voordat hij vrachtwagenchauffeur werd, jarenlang als seizoenarbeider voor advocaat Scardaccione gewerkt.

Om in Salvatores huis te komen moest je door een smeedijzeren hek, dan stak je een voortuin over met vierkant geknipte struiken, een vreselijk hoge palm en een stenen fontein met goudvissen, daarna moest je een marmeren trap met hoge treden op en dan was je er.

Binnen stond je meteen in een donkere gang, zonder ramen, zo lang dat je er wel kon fietsen. Aan de ene kant lag een rij slaapkamers, allemaal op slot, aan de andere kant de salon. Dat was een geweldig groot vertrek met geschilderde engelen op het plafond en een enorme, glimmende tafel met stoelen eromheen. Tussen twee schilderijen met vergulde lijsten stond een vitrinekast met kostbare kopjes en glazen erin, en foto's van mannen in uniform. Bij de deur stond een middeleeuws harnas, met in de hand een goedendag met spijkers op de bol. Dat had de advocaat in de stad Gubbio gekocht. Je mocht het niet aanraken want dan viel het om.

De luiken gingen overdag nooit open. Ook 's winters niet. Het rook er bedompt, naar oud hout. Net of je in de kerk was.

Signora Scardaccione, Salvatores moeder, was een dikke pad van anderhalve meter lang en ze droeg een netje over haar haar. Haar benen waren opgezwollen, net gestopte worstjes, en deden altijd pijn, en ze ging ze alleen met Kerstmis en Pasen het huis uit om in Lucignano naar de kapper te gaan. Ze sleet haar dagen in de keuken, het enige lichte vertrek in het huis, samen met haar zuster, tante Lucilla, gehuld in de damp en de geur van *ragù*.

Het waren net twee zeehonden. Ze bogen tegelijk het hoofd, lachten tegelijk, klapten tegelijk in de handen. Twee dikke, tamme zeehonden met een permanentje. Ze zaten de godganse dag op twee versleten fauteuils te kijken of Antonia, het dienstmeisje, niet iets verkeerd deed, niet te vaak pauzeerde.

Alles moest in orde zijn als advocaat Scardaccione uit de stad kwam. Maar de advocaat kwam nooit. En als hij kwam wilde hij weer weg.

'Lucilla, Lucilla, kijk eens wie er is!' zei Letizia Scardaccione toen ze me de keuken in zag komen.

Tante Lucilla keek op van de naaimachine en glimlachte.

Op haar neus had ze twee jampotbodems, zodat haar ogen zo klein waren als loden kogeltjes. 'Michele! Onze lieve Michele! Wat heb je meegebracht? Gebak?'

'Ja, signora, alstublieft.' Ik gaf het haar.

'Geef maar aan Antonia.'

Antonia zat aan tafel paprika's in te maken.

Antonia Ammirati was achttien, mager, maar niet té. Ze had rood haar en blauwe ogen en haar ouders waren verongelukt toen ze nog maar klein was.

Ik liep naar Antonia en gaf haar het gebak. Ze aaide met de rug van haar hand over mijn hoofd.

Ik vond Antonia heel aardig. Ze was mooi en ik had best met haar willen gaan, maar ze was veel te oud en ze had een vriendje in Lucignano, die televisieantennes monteerde.

'Wat kan je mamma dat goed, hè,' zei Letizia Scardaccione.

'Ze is ook zo knap,' voegde tante Lucilla eraan toe.

'En jij bent ook al zo'n knappe jongen, nietwaar, Lucilla?'

'Zeker, heel knap.'

'Antonia, vind jij Michele niet knap? Zou je niet met hem willen trouwen als hij wat ouder was?'

Antonia lachte: 'Ik zou meteen met hem trouwen.'

Tante Lucilla kneep in mijn wang en trok hem er haast af. 'En zou jij Antonia wel willen?'

Ik werd knalrood en schudde van nee.

De twee gezusters hadden reuzepret en konden niet meer van het lachen.

Toen pakte Letizia Scardaccione een zak. 'Hier zitten kleren in die Salvatore te klein zijn. Neem ze maar mee. Als de broeken te lang zijn sla je de pijpen maar om. Doe me een plezier en neem ze mee. Je zult eens zien hoe goed ze staan.'

Ik had het best gewild. Ze waren zo goed als nieuw. Maar mamma zei dat we van niemand aalmoezen aannamen. Vooral niet van die twee. Ze zei dat er niks mis was met mijn kleren. En dat zij wel zou uitmaken of het tijd werd voor iets anders. 'Dank u wel, signora, maar dat mag ik niet.'

Tante Lucilla deed een blikken trommeltje open en klapte in haar handen. 'Kijk eens wat ik hier heb. Honingsnoepjes. Hou je van honingsnoepjes?'

'Heel veel, signora.'

'Neem maar.'

Die kon ik wel aannemen. Mamma kwam er toch niet achter, omdat ik ze allemaal opat. Ik pakte een heel voorraadje en stopte mijn zakken vol.

Letizia Scardaccione zei er nog bij: 'Geef ook wat aan je zusje. De volgende keer dat je komt breng je haar maar mee.'

Als een papegaai herhaalde ik: 'Dank u wel, dank u wel, dank u wel...'

'Zeg Salvatore even gedag voordat je weggaat. Hij is in zijn kamer. Maar denk erom dat je niet te lang blijft want hij moet oefenen. Hij heeft vandaag les.'

Ik ging de keuken uit en liep de donkere gang in, met al die treurige zwarte kasten. Ik kwam langs Nunzio's kamer. De deur was op slot.

Eén keer had hij opengestaan en toen was ik naar binnen gegaan.

Er stond niets, behalve een hoog bed met ijzeren tralies en leren riemen. In het midden waren de plavuizen helemaal gekrast en kapot. Als je langs hun palazzo kwam zag je Nunzio heen en weer lopen, van de deur naar het raam.

De advocaat had alles geprobeerd om hem te genezen, op een keer had hij hem zelfs naar wonderdoende padre Pio gebracht, maar Nunzio had zich aan een Mariabeeld vastgeklampt, zodat het was omgevallen, en de broeders hadden hem de kerk uit gejaagd. Sinds hij in het gesticht zat was hij nooit meer in Acqua Traverse teruggeweest.

Ik moest naar Filippo toe, dat had ik beloofd. Ik moest hem de cake en de snoepjes brengen. Maar het was heet, hij kon wel wachten. Er veranderde voor hem toch niks. Bovendien had ik zin om een poosje bij Salvatore te blijven.

Ik hoorde de piano door de deur van zijn kamer heen. Ik klopte.

'Wie daar?'

'Michele.'

'Michele?' Hij deed open en keek naar alle kanten, als iemand die wordt gezocht, trok me naar binnen en deed de deur op slot.

Salvatores kamer was groot en leeg, met een hoog plafond. Tegen een van de wanden stond een piano. Tegen een andere een bed dat zo hoog was dat je een trapje nodig had om erop te komen. En een lange boekenkast, met een heleboel boeken erin, gesorteerd op kleur. Zijn speelgoed bewaarde hij in een kist. Door een dik wit gordijn viel een klein beetje licht waarin stofjes dansten.

Midden in de kamer, op de grond, lag het groene kleed van het voetbalspel. Daarop had hij Juventus en Torino opgesteld.

Hij vroeg: 'Wat kom je doen?'

'Niks. Ik heb gebak gebracht. Mag ik blijven? Je moeder zei dat je les hebt...'

'Ja. Blijf maar.' Hij liet zijn stem dalen. 'Maar als ze merken dat ik niet speel, laten ze me niet meer met rust.' Hij pakte een plaat en legde die op de pick-up. 'Dan denken ze dat ik speel.' En ernstig voegde hij eraan toe: 'Dat is Chopin.'

'Wie is Chopin?'

'Die is heel goed.'

Salvatore en ik waren van dezelfde leeftijd, maar voor mijn gevoel was hij ouder. Een beetje omdat hij groter was dan ik, maar ook omdat hij altijd schone witte overhemden droeg en een lange broek met een vouw, en ook vanwege de rustige toon waarop hij praatte. Ze dwongen hem piano te spelen, een keer in de week kwam een leraar uit Lucignano hem lesgeven, en ook al had hij een hekel aan muziek, toch klaagde hij niet, maar hij zei wel altijd: 'Als ik groot ben hou ik ermee op.'

'Zin in een partijtje?' vroeg ik.

Het voetbalspel vond ik het allerleukste. Ik was er niet erg goed in maar deed het dolgraag. 's Winters hielden Salvatore en ik eindeloze toernooien en brachten we hele middagen door met het verschuiven van de kleine, plastic voetballertjes. Salvatore speelde ook wel alleen. Dan liep hij van de ene kant naar de andere. Als hij niet met het voetbalspel speelde stelde hij in de kamer duizenden soldaatjes op en bedekte de hele vloer ermee, tot je niet eens meer plaats had om je voeten neer te zetten. En als ze dan eindelijk in kaarsrechte blokken waren opgesteld begon hij ze een voor een te verzetten. Urenlang was hij zonder iets te zeggen bezig hele legers op te stellen, om ze vervolgens, als Antonia kwam zeggen dat het eten klaar was, allemaal weer in schoenendozen op te bergen.

'Kijk eens,' zei hij, en haalde acht groene kartonnen doosjes uit een la. In elk doosje zat een voetbalelftal. 'Kijk eens wat pappa me heeft gegeven. Hij heeft ze uit Rome meegebracht.'

'Allemaal?' Ik nam ze in mijn handen. De advocaat moest wel schatrijk zijn om zoveel geld uit te geven.

Elk jaar dat God me gaf vroeg ik voor mijn verjaardag en voor Kerstmis aan mijn vader en aan het kindje Jezus een voetbalspel, maar geen denken aan, geen van beiden voelde er iets voor. Ik hoefde maar één elftal. Zonder veld en zonder doelen. En desnoods van de tweede divisie. Ik zou het geweldig vinden om met mijn eigen elftal naar Salvatore te gaan, want ik wist zeker dat ik met het mijne veel beter zou spelen, omdat het van mij was, en dan zou ik niet zo vaak verliezen. Ik zou goed voor die spelertjes zorgen en voorzichtig zijn, en dan zou ik Salvatore verslaan.

Hij had er al vier. En nu had zijn vader er nog acht voor hem gekocht.

En waarom kreeg ik niks?

Omdat mijn vader niks om me gaf, hij zei wel dat hij van me hield, maar dat was niet waar. Hij had me zo'n stomme

Venetiaanse gondel gegeven om op de televisie te zetten. En ik mocht er niet eens aankomen.

Ik wilde er ook een. Als zijn vader hem er nou vier had gegeven had ik niks gezegd. Maar acht. Bij elkaar had hij er nu twaalf.

Wat maakte het nou uit als hij er een minder had?

Ik kuchte en fluisterde: 'Mag ik er een?'

Salvatore fronste zijn wenkbrauwen en begon door de kamer te lopen. Toen zei hij: 'Sorry, ik zou er best een willen geven, maar dat mag niet. Als pappa te weten komt dat ik er een aan jou heb gegeven wordt hij kwaad.'

Dat was niet waar. Wanneer controleerde zijn vader zijn elftallen dan? Salvatore was hebberig.

'Gesnapt.'

'Wat maakt het jou uit. Je kunt hier komen spelen als je wilt.'

Als ik iets had om te ruilen zou hij er misschien wel een geven. Maar ik had niks.

Wacht eens, ik had wel iets om te ruilen.

'Als ik je een geheim vertel, geef je er dan een?'

Salvatore keek me achterdochtig aan. 'Wat voor geheim?'

'Een ongelooflijk geheim.'

'Geen enkel geheim is een heel elftal waard.'

'Het mijne wel.' Ik bracht mijn vingers naar mijn lippen. 'Ik zweer het.'

'En als je me voor de gek houdt?'

'Doe ik niet. Maar als jij zegt dat het niks is geef ik het elftal terug.'

'Ik geef niet om geheimen.'

'Weet ik. Maar dit is een echt geheim. Ik heb het aan niemand verteld. Als de Doodskop erachter komt gaat hij helemaal door het lint.'

'Vertel het dan aan de Doodskop.'

Intussen was ik tot alles bereid. 'Ik neem Lanerossi Vicenza wel.'

Salvatore zette grote ogen op. 'Zelfs Lanerossi Vicenza?'

'Ja.'

We hadden een hekel aan Lanerossi Vicenza. Ze brachten ongeluk. Als je daarmee speelde verloor je altijd. Geen van beiden hadden we ooit met dat elftal gewonnen. Een van de spelers had geen hoofd meer, een andere was gelijmd en het doel was helemaal verbogen.

Salvatore dacht even na en gaf ten slotte toe: 'Maar als het een geheim van niks is geef ik het niet.'

Dus heb ik hem alles verteld. Over toen ik uit de boom was gevallen. Over het hol. Over Filippo. Over hoe gek die was. Over zijn zere been. Over de stank. Over Felice die de wacht hield. Over dat pappa en die oude man zijn oren af wilden snijden. Over Francesco die zich omlaag had gegooid met zijn pik uit zijn broek. Over Filippo's moeder op de televisie. Alles.

Het was een heerlijk gevoel. Net als toen ik een hele pot ingemaakte perziken had leeggegeten. Naderhand had ik me ziek gevoeld, alsof ik zou ontploffen, er zat een aardbeving in mijn buik en ik had zelfs koorts gekregen, en eerst had mamma me een paar oorvijgen gegeven, maar daarna had ze mijn hoofd boven de wc gehouden en twee vingers in mijn keel gestoken. En een eindeloze hoeveelheid zurige gele smurrie eruit gekregen. Daar was ik van opgeknapt.

Terwijl ik zat te praten hield Salvatore onbewogen zijn mond.

Ik besloot: 'En dan heeft hij het steeds weer over die wasbeertjes. Over beertjes die de was doen. Ik heb tegen hem gezegd dat die niet bestaan, maar hij wil niet luisteren.'

'Wasbeertjes bestaan wel.'

Mijn mond viel open. 'Hoezo bestaan ze wel? Mijn vader zei dat ze niet bestaan.'

'Die leven in Amerika.' Hij pakte de grote dierenencyclopedie en bladerde die door. 'Dit zijn ze. Kijk maar.' Hij gaf me het boek.

Er stond een kleurenfoto in van een soort vos. Met een witte snuit en een zwart masker om de ogen, net als Zorro.

Maar hij had een dichtere vacht dan een vos en kleinere pootjes, waarmee hij dingen kon vastpakken. Hij hield een appel in zijn klauwtjes. Een heel grappig beest. 'Dus ze bestaan...'

'Ja.' Salvatore las voor: 'Vleeseter met het uiterlijk van een beer, behorende tot de familie van de *Procyon*, met een gedrongen lijf, een spitse snuit en een brede kop, grote ogen met een bruin-zwart masker. De vacht is grijs en de staart niet lang. Leeft in Canada en de Verenigde Staten. Wordt meestal wasbeer genoemd naar zijn merkwaardige gewoonte om voedsel te wassen alvorens het op te eten.'

'Hij wast geen kleren maar zijn eten... Goh...' Ik was onthutst. 'En ik zei nog wel dat ze niet bestonden...'

Salvatore vroeg: 'Waarom houden ze hem daar vast?'

'Omdat ze hem niet aan zijn moeder terug willen geven.' Ik greep zijn pols. 'Ga je mee kijken? We kunnen meteen gaan. Heb je zin? Ik weet een kortere weg... Het duurt niet lang.'

Hij gaf geen antwoord. Hij deed de voetballertjes weer in hun doosjes en rolde het kleed van het spel op.

'Nou? Heb je zin?'

Hij draaide de sleutel om en deed de deur open. 'Dat kan niet. Mijn leraar komt zo. Als ik mijn oefeningen niet heb gedaan zegt hij het tegen die twee en dan moet je ze eens horen.'

'Wat nou? Wil je hem niet zien? Vind je mijn geheim niet goed?'

'Niet zo erg. Gekken in holen kunnen me niks schelen.'

'Geef je me Vicenza?'

'Neem maar. Ik vind er toch niks aan.' Hij stopte het doosje in mijn handen, duwde me zijn kamer uit en deed de deur achter me dicht.

Ik fietste naar de heuvel en begreep er niets van.

Hoe bestaat het dat een jongetje dat met een ketting in een hol vastzit hem niks kon schelen? Salvatore had gezegd dat hij mijn geheim stom vond. Ik had het niet moeten vertellen. Ik had mijn geheim verpest. En wat had ik ervoor terug? Lanerossi Vicenza, dat nog ongeluk bracht ook.

Ik was nog erger dan Judas, die Jezus voor dertig zilverlingen had geruild. Hoeveel elftallen zou je niet voor dertig zilverlingen kunnen kopen?

Ik had het doosje in mijn korte broek gestopt. Het zat in de weg, de hoeken staken in mijn vel. Ik wilde het weggooien, maar durfde niet.

Het liefst was ik teruggegaan in de tijd. Dan had ik de taart aan signora Scardaccione gegeven en was ik weggegaan, zonder Salvatore op te zoeken.

Ik was met zo'n vaart de helling opgerend dat ik bijna moest overgeven toen ik er was.

Mijn fiets had ik vlak voor de helling laten liggen en het laatste stuk had ik lopend gedaan, door het graan. Het leek wel of mijn hart uit mijn lijf barstte. Ik wilde meteen naar Filippo toe, maar moest onder een boom gaan liggen en wachten tot ik weer lucht kreeg.

Toen ik me wat beter voelde, keek ik of Felice in de buurt was. Geen mens te zien. Ik liep het huis in en pakte het touw.

Ik schoof de golfplaat opzij en riep: 'Filippo.'

'Michele!' Hij kwam helemaal overeind. Hij lag op me te wachten.

'Zie je wel dat ik ben gekomen? Zie je wel?'

'Wist ik wel.'

'Zeiden de wasbeertjes dat?'

'Nee. Wist ik uit mezelf. Je had het beloofd.'

'Je had gelijk. Wasbeertjes bestaan echt. Dat las ik in een boek. Ik heb er zelfs een foto van gezien.'

'Leuk hè?'

'Hartstikke leuk. Heb jij er wel eens een gezien?'

'Ja. Hoor je ze? Hoor je ze fluiten?'

Ik hoorde niet fluiten. Niks aan te doen. Hij was gek.

'Kom je?' Hij beduidde me dat ik naar beneden moest komen.

Ik greep het touw. 'Ik kom al.' Ik liet me zakken.

Er was schoongemaakt. De emmer was leeg. Het panne-tje stond vol water. Filippo was in zijn smerige deken ge-wikkeld, maar ze hadden hem wel gewassen. Ze hadden zijn enkel met een zwachtel verbonden en hij had geen ketting meer om zijn voet.

'Ze hebben je schoongemaakt.'

Hij lachte. Zijn tanden waren niet gepoetst.

'Wie heeft dat gedaan?'

Hij hield een hand voor zijn ogen. 'De wormenman met zijn kabouters. Ze kwamen naar beneden en hebben me he-lemaal gewassen. Ik zei dat ze me best mochten wassen als ze wilden maar dat jij ze toch wel zou pakken en dat ze zo ver konden vluchten als ze wilden maar dat jij ze kilometers-lang kunt achtervolgen zonder dat je moe wordt.'

Ik greep zijn pols. 'Heb je mijn naam gezegd?'

'Welke naam?'

'De mijne.'

'Hoe heet jij dan?'

'Michele...'

'Michele? Niet waar!'

'Je riep me daarnet nog...'

'Jij heet geen Michele.'

'Hoe heet ik dan?'

'Dolores.'

'Ik heet geen Dolores. Ik ben Michele Amitrano.'

'Zal wel.'

Ik had het gevoel dat hij me voor de gek hield.

'Maar wat heb je tegen de wormenman gezegd?'

'Ik zei dat mijn engelbewaarder ze zou vangen.'

Ik slaakte een zucht van verlichting. 'O, heel goed! Je hebt gezegd dat ik je engelbewaarder ben.' Ik haalde het gebak uit mijn broekzak. 'Kijk eens wat ik heb meegebracht. Het is verkruimeld...' Ik kreeg niet eens de tijd om mijn zin af te maken of hij vloog op me af.

Wat er nog van het gebak over was rukte hij uit mijn handen en propte hij in zijn mond. Daarna zocht hij, met zijn ogen dicht, naar de kruimels.

Hij gleed met zijn handen over mijn hele lijf. 'Nog meer, nog meer, geef me nog wat!' Hij krabde me met zijn nagels.

'Ik heb niks meer. Ik zweer het. Wacht...' In mijn achterzak zaten de snoepjes. 'Hier, neem maar.'

Hij haalde de papiertjes eraf, kauwde erop en slikte ze in een ongelooflijk tempo door.

'Nog wat, nog wat!'

'Ik heb je alles gegeven.'

Hij wilde niet geloven dat ik niks meer had en bleef maar naar kruimels zoeken.

'Morgen breng ik nog wat voor je mee. Wat wil je?'

Hij begon op zijn hoofd te krabben. 'Ik wil... ik wil... brood. Brood met boter. Met boter en jam. Met ham. En kaas. En chocola. Een heel groot broodje.'

'Ik zal eens kijken wat er in huis is.'

Ik ging zitten. Filippo raakte telkens weer mijn voeten aan en maakte mijn sandalen los.

Plotseling kreeg ik een idee. Een geweldig idee.

Hij had geen ketting om. Hij was vrij. Ik kon hem eruit halen.

Ik vroeg: 'Wil je eruit?'

'Waaruit?'

'Hieruit.'

'Eruit?'

'Ja, eruit, het hol uit.'

Hij zweeg en vroeg toen: 'Het hol? Welk hol?'

'Dit hol hier, waar we zijn.'

Hij schudde van nee. 'Er zijn geen holen.'

'Is dit geen hol?'

'Nee.'

'Het is wel een hol, dat heb je zelf gezegd.'

'Wanneer zei ik dat dan?'

'Je zei dat de hele wereld vol holen zit met doden erin. En ook dat de maan vol holen zit.'

'Niet waar. Dat heb ik niet gezegd.'

Ik begon mijn geduld te verliezen. 'Waar zijn we dan?'

'Op een plek waar je moet wachten.'

'Waarop?'

'Tot je naar het paradijs gaat.'

Hij had wel een beetje gelijk. Als je hier je hele leven bleef zitten ging je dood en dan vloog je ziel naar het paradijs. Als je met Filippo begon te praten raakten al je gedachten door de war.

'Kom op, ik breng je naar buiten. Kom op.' Ik pakte hem vast maar hij verstijfde helemaal en hij begon te bibberen. 'Goed, goed. Dan gaan we niet. Rustig maar, hoor, ik doe je niks.'

Hij dook met zijn hoofd onder de deken. 'Er is buiten geen lucht. Dan stik ik. Ik wil niet weg.'

'Niet waar. Er is buiten een heleboel lucht. Ik ben altijd buiten en ik stik toch ook niet. Hoe kan dat dan?'

'Jij bent een engel.'

Ik moest hem overreden: 'Moet je horen, gisteren heb ik je gezworen dat ik zou terugkomen en ik ben ook teruggekomen. Nu zweer ik je dat er niks gebeurt als je naar buiten gaat. Je moet me geloven.'

'Waarom moet ik naar buiten? Ik zit hier best.'

Ik moest tegen hem liegen: 'Omdat buiten het paradijs is. Ik moet jou naar het paradijs brengen. Ik ben een engel en jij bent dood en ik moet jou naar het paradijs brengen.'

Hij dacht er even over na. 'Echt waar?'

'Echt waar.'

'Laten we dan gaan.' Hij begon opgewonden kreten te slaken.

Ik probeerde hem rechtop te krijgen, maar hij hield zijn knieën gebogen. Hij kon niet staan. Als ik hem niet vasthield viel hij om. Ten slotte bond ik het touw om zijn middel. En ik gooide de deken over zijn hoofd. Toen was hij stil. Ik klom omhoog en begon hem op te hijsen maar hij was te zwaar. Daar hing hij, op twintig centimeter boven de grond, zo stijf als een plank en scheef, en ik stond boven, met het touw over mijn schouder, voorovergebogen en niet sterk genoeg om hem omhoog te trekken.

'Help eens mee, Filippo, ik haal het niet.'

Maar hij was net een blok beton en het touw gleed uit mijn handen. Ik zette een stap naar achteren en liet het vieren. Hij raakte de grond.

Ik keek over de rand. Hij was weer omgevallen, met zijn buik naar boven en de deken over zijn hoofd.

'Filippo, alles goed?'

'Ben ik er?' vroeg hij.

'Wacht.' Ik rende om het huis heen om een plank te zoeken, een paal, iets dat me kon helpen. In de stal vond ik een oude, gebladderde, halfvermolmde deur. Die sleepte ik naar de binnenplaats. Ik wilde hem in het gat laten zakken zodat Filippo erlangs omhoog kon klimmen. Ik zette hem rechtop naast het gat, maar hij viel op de grond, in twee helften vol vlijmscherpe splinters. Het hout was helemaal opgevreten door de houtworm. Niet bruikbaar.

'Michele?' Filippo riep me.

'Heel even. Even wachten,' schreeuwde ik, toen pakte ik een stuk van die rotdeur, tilde het boven mijn hoofd en gooide het op een ladder.

Een ladder?

Daar lag hij, twee meter van het gat. Een prachtige, groengeverfde ladder op de klimplant die een hele berg puin en aarde overwoekerde. Daar had hij steeds gelegen en ik had hem nooit gezien. Zo kwamen ze dus beneden!

'Ik heb een ladder gevonden!' zei ik tegen Filippo. Ik pakte hem en liet hem in het hol zakken.

Ik sleepte hem naar het bosje, tot onder een boom. Er waren vogels, cicades, schaduw. En er hing een lekkere lucht van natte aarde en mos.

Ik vroeg: 'Mag ik de deken van je gezicht halen?'

'Schijnt de zon?'

'Nee.'

Hij wilde hem niet wegleggen, na een hele tijd kon ik hem overhalen om mijn T-shirt voor zijn ogen te binden. Hij vond het fijn, dat zag je aan hoe hij lachte. Er streek een zuchtje wind over zijn wangen en hij genoot.

Ik vroeg: 'Waarom hebben ze je hier gebracht?'

'Geen idee. Weet ik niet meer.'

'Helemaal niet meer?'

'Ik was ineens hier.'

'Wat weet je nog?'

'Ik was op school.' Hij wiegde zijn hoofd heen en weer. 'Dat weet ik nog wel. We hadden gym. En toen ging ik naar buiten. Er stopte een blauwe auto. En toen was ik hier.'

'Waar woon je eigenlijk?'

'Via Modigliani zesendertig. Op de hoek van via Cavalier D'Arpino.'

'Waar is dat dan?'

'In Pavia.'

'In Italië?'

'Ja.'

'Dit is ook Italië.'

Hij zei niks meer. Ik dacht dat hij in slaap was gevallen, maar op een bepaald moment vroeg hij: 'Wat zijn dat voor vogels?'

Ik keek om me heen. 'Mussen.'

'Weet je zeker dat het geen vleermuizen zijn?'

'Nee, die slapen overdag en die maken een heel ander geluid.'

'Maar vliegende vossen vliegen ook overdag en die tjilpen net als vogels. Die wegen meer dan een kilo. Als die aan dunne takjes gaan hangen vallen ze op de grond. Het zijn volgens mij vliegende vossen.'

Na dat gedoe met de wasbeertjes durfde ik niks meer te zeggen, misschien waren er in Amerika ook wel vliegende vossen. Ik vroeg: 'Ben jij wel eens in Amerika geweest?'

'Gisteren zag ik mamma. Ze zei dat ze me niet kan komen halen omdat ze dood is. Zij is dood en mijn hele familie ook. Als dat niet zo was zou ze meteen komen, zei ze.'

Ik stopte mijn vingers in mijn oren.

'Filippo, het is al laat. Ik moet je weer naar beneden brengen.'

'Mag ik echt weer naar beneden?'

'Ja.'

'Best. Dan gaan we.'

Een halfuur lang had hij niets gezegd, met mijn T-shirt voor zijn ogen gebonden. Af en toe verstrakten zijn hals en zijn mond en verkrampten zijn vingers en zijn tenen in een soort tic. Doodstil, als betoverd, had hij naar de vliegende vossen zitten luisteren.

'Ga om mijn nek hangen.' Hij greep me vast en ik sleepte hem naar het gat. 'Nu gaan we de ladder af, hou je goed vast, niet loslaten.'

Het viel niet mee. Filippo hield me zo stijf vast dat ik geen adem kon halen en de sporten van de ladder niet kon zien, die moest ik met mijn voeten zoeken.

Toen we er waren zag ik zo wit als een doek en snakte ik naar adem. Ik installeerde hem in een hoek op de grond, dekte hem toe, gaf hem te drinken en zei: 'Het is al heel laat, ik moet weg. Pappa vermoordt me.'

'Ik blijf hier. Maar je moet me broodjes brengen. En ook een gebraden kip.'

''s Zondags eten we kip. Vandaag maakt mamma gehaktballetjes. Hou je van gehaktballetjes?'

'Met tomaat?'

'Ja.'

'Lekker.'

Ik vond het vervelend om hem alleen te laten. 'Nou, dan ga ik maar...' Ik wilde net een sport vastpakken toen de ladder werd weggetrokken.

Ik keek omhoog.

Op de rand stond iemand met een bruine bivakmuts op.

Hij was van top tot teen als soldaat gekleed. 'Koekoek? Koekoek? Waar is april gebleven,' zong hij en toen begon hij pirouettes te draaien. 'Toen ze de koekoek hoorde is de mei gekomen. Raad eens wie ik ben?'

'Felice!'

'Goed geraden,' zei hij, en was toen even stil. 'Hoe ben je daar godverdomme achter gekomen? Wacht! Wacht eens even!'

Hij liep weg en toen hij terugkwam had hij zijn geweer onder zijn arm.

'Jij was het!' Felice klapte in zijn handen. 'Jij was het, godverdegodver. Ik zag telkens dat de spullen verplaatst waren. Eerst dacht ik dat ik ze zag vliegen. Toen dacht ik dat het het spook Formaggino was. Maar jij was het, Michelino. Blij toe, ik dacht al dat ik gek werd.'

Ik voelde dat ik bij mijn enkel werd gegrepen. Filippo hield mijn voeten stevig vast en fluisterde: 'De wormenman die komt en gaat, de wormenman die komt en gaat, de wormenman die komt en gaat.'

Dat was dus de wormenman!

Felice keek me door de gaten in zijn bivakmuts aan. 'Heb je vriendschap gesloten met de prins? Heb je gezien hoe lekker ik hem heb gewassen? Hij spartelde wel tegen, maar ik heb toch gewonnen. Maar die deken wou hij me niet geven.'

Ik zat in de val. Ik kon hem niet zien. De zon, die door de bladeren piepte, verblindde me.

'Hier!'

Er stak een mes in de grond. Op tien centimeter van mijn sandaal en twintig van Filippo's hoofd.

'Zie je wel hoe goed ik mik? Ik zou zo je grote teen eraf kunnen hakken. Wat zou je dan doen?'

Ik kon niks zeggen. Mijn keel zat potdicht.

'Wat zou je zonder grote teen doen?' herhaalde hij. 'Nou? Zeg het eens?'

'Doodgaan omdat ik leegbloed.'

'Precies. En als ik hiermee op je schiet?' Hij liet me het geweer zien. 'Wat gebeurt er dan?'

'Dan ben ik dood.'

'Zie je wel dat je het weet? Kom naar boven, schiet op.' Felice pakte de ladder en liet hem zakken.

Ik wilde niet maar ik had geen andere keus. Hij zou me doodschieten. Ik wist niet zeker of ik wel omhoog zou komen, mijn benen bibberden helemaal.

'Wacht, wacht.' zei Felice. 'Wil je dat mes even voor me pakken?'

Ik bukte en Filippo fluisterde: 'Kom je niet meer terug?'

Ik trok het mes uit de grond en antwoordde zachtjes, zonder dat Felice het zag: 'Ik kom wel.'

'Beloofd?'

Felice beval: 'Doe het dicht en stop het in je zak.'

'Beloofd.'

'Hé, schiet op! Kom omhoog, snotaap. Waar wacht je op?'

Ik begon naar boven te klimmen. Filippo fluisterde weer: 'De wormenman die komt en gaat, de wormenman die komt en gaat, de wormenman die komt en gaat.'

Toen ik bijna boven was greep Felice me met twee handen bij mijn broek en gooide me als een zak vuil naar het huis. Ik sloeg tegen de muur en plofte op de grond. Ik probeerde op te staan. Ik was op mijn zij terechtgekomen. Na een felle pijnscheut in mijn been en mijn arm durfde ik ze niet meer te bewegen. Ik draaide me om. Felice had zijn bivakmuts af en kwam met het geweer in de aanslag op me toesluipen. Ik zag de met ijzer beslagen kistjes steeds groter worden.

Nu schiet hij me dood, dacht ik. Helemaal in elkaar gedoken begon ik naar het bosje te schuifelen.

'Je wilde hem laten ontsnappen, hè. Maar dat was stom van je. Je was zijn oppas vergeten.' Hij gaf een trap tegen mijn achterste. 'Staan, snotaap, wat doe je daar op de grond.

Opstaan! Heb je je soms pijn gedaan?' Hij trok me aan een oor overeind. 'Dank God op je blote knieën dat je een zoon van je vader bent. Anders zou ik je meteen... En nu naar huis. Je vader bedenkt wel een straf voor je. Ik heb mijn plicht gedaan. Ik heb de wacht gehouden. Ik had je moeten neerknallen.' Hij sleurde me mee naar het bosje. Ik was zo bang dat ik niet kon huilen. Ik struikelde, viel op de grond, en hij trok me weer overeind aan mijn oor. 'Schiet op, vlug een beetje.'

We kwamen tussen de bomen vandaan.

Voor ons strekte de zinderend gele graanvlakte zich helemaal tot de horizon uit. Als ik daarin verdween vond hij me nooit meer terug.

Met de loop van zijn geweer duwde Felice me naar de 127 en zei: 'Hé, geef mijn mes eens terug!'

Ik probeerde het te geven maar kreeg mijn hand niet in mijn zak.

'Laat mij maar.' Hij pakte het, deed het portier open, duwde de stoel naar voren en zei: 'Stap in!'

Ik deed het en voorin zat Salvatore.

'Salvatore, wat doe jij...?' De rest slikte ik in.

Het kwam door Salvatore. Die had tegen Felice geklikt.

Salvatore keek me aan en draaide zich van me af.

Zonder een woord te zeggen ging ik achterin zitten.

Felice kroop achter het stuur. 'Goed gedaan, Salvatore. Geef me je hand.' Felice pakte hem: 'Je had gelijk, die bemoeial zat daar. En ik geloofde je niet eens.' Hij stapte uit. 'Belofte maakt schuld. Als Felice Natale iets belooft houdt hij zich eraan. Rijd jij maar. Wel langzaam, hoor.'

'Nu?' vroeg Salvatore.

'Wanneer anders? Ga maar op mijn plaats zitten.'

Felice stapte aan de passagierskant in en Salvatore ging achter het stuur zitten. 'Het is hier heel geschikt om het te leren. Je hoeft alleen de helling af en zo nu en dan moet je remmen.'

Salvatore Scardaccione had me verkocht voor een rijles.

'Zo gaat mijn auto eraan!' brulde Felice, en keek met zijn neus tegen de voorruit gedrukt naar het slechte wegdek. 'Remmen! Remmen!'

Salvatore kwam nauwelijks boven het stuur uit en klemde het vast alsof hij het fijn wilde knijpen.

Terwijl Felice me met zijn geweer in de aanslag voortduwde, had ik het in mijn broek gedaan. Dat merkte ik nu pas. Mijn broek was doornat.

De auto zat vol gekgeworden horzels. We hotsten over keien, doken in kuilen. Ik moest me aan het portier vasthouden.

Salvatore had me nooit verteld dat hij zo graag wilde autorijden. Hij kon toch aan zijn vader vragen om het hem te leren? De advocaat zei nooit nee tegen hem. Waarom had hij het dan aan Felice gevraagd?

Alles deed pijn, mijn geschaafde knieën, mijn ribben, mijn arm, een pols. Maar vooral mijn hart. Dat had Salvatore gedaan.

Hij was mijn beste vriend. Op een keer hadden we elkaar, terwijl we op een tak van de johannesbroodboom zaten, zelfs eeuwige vriendschap gezworen. We kwamen altijd samen uit school, als de een vroeger was, wachtte hij op de ander.

Salvatore had me verraden.

Mamma had gelijk als ze zei dat de Scadacciones zich heel wat verbeeldden alleen omdat ze geld hadden. En ze had ook gezegd dat die lui zelfs niet zouden opkijken als je verdronk. Ik had me heel vaak voorgesteld hoe de gezusters Scardaccione aan de rand van het drijfzand achter hun naaimachines zaten terwijl ik wegzakte en mijn hand uitstak en om hulp riep, en dat zij dan honingsnoepjes naar me gooiden en zeiden dat ze door hun dikke benen niet konden opstaan. Maar Salvatore en ik waren vrienden.

Ik had me vergist.

Ik had ontzettend veel zin om te huilen maar bezwoer mezelf dat ik het pistool van die oude man zou pakken en mezelf zou doodschieten als er ook maar één traan uit mijn ogen rolde. Ik haalde het doosje van Lanerossi Vicenza uit mijn zak. Het was helemaal zacht van de pies.

Ik legde het op de stoel.

Felice schreeuwde: 'Ho, stop! Ik kan er niet meer tegen.'

Salvatore remde keihard, de motor sloeg af, de auto stond met één klap stil, en als Felice zijn handen niet naar voren had gestoken was zijn voorhoofd tegen de ruit te pletter geslagen.

Hij gooide het portier open en stapte uit: 'Wegwezen!'

Zonder iets te zeggen schoof Salvatore opzij.

Felice pakte het stuur en zei: 'Beste Salvatore, ik moet je zeggen dat je geen aanleg hebt om te rijden. Vergeet het maar. Word jij maar wielrenner.'

Toen we Acqua Traverse binnenreden waren mijn zusje, Barbara, Remo en de Doodskop op de weg landjepik aan het doen.

Toen ze ons zagen hielden ze op met spelen.

Pappa's vrachtwagen stond er niet. En de auto van die oude man ook niet.

Felice parkeerde de 127 in de schuur.

Salvatore glipte de auto uit, pakte zijn fiets en ging er zonder me ook maar aan te kijken vandoor.

Felice trok de stoel naar voren. 'Eruit.'

Ik wilde er niet uit.

Op school had ik ooit een ruit aan de speelplaats gebroken met zo'n stok die je bij de gymles gebruikt. Ik wilde Angelo Cantini, een van mijn klasgenoten, laten zien dat hij van onbreekbaar glas was. Maar hij was in een miljard stukjes gesprongen. Het schoolhoofd had mamma gebeld en gezegd dat hij haar moest spreken.

Toen ze er was had ze me aangekeken en in mijn oor gezegd: 'Wij spreken elkaar straks nog wel.' Ze was de hoofdenkamer ingegaan terwijl ik op de gang bleef zitten wachten.

Die keer was ik ook bang geweest, maar dat was niets vergeleken met nu. Felice zou alles aan mamma vertellen en zij zou het tegen pappa zeggen. En pappa zou razend zijn. En die oude man zou me meenemen.

'Eruit!' herhaalde Felice.

Ik raapte al mijn moed bij elkaar en stapte uit.

Ik schaamde me dood, mijn broek was doornat.

Barbara legde een hand op haar mond. Remo rende naar de Doodskop. Maria zette haar bril af en maakte hem schoon met haar T-shirt.

Het licht was verblindend, ik kon mijn ogen niet openhouden. Achter me hoorde ik Felices zware stappen. Barbara's moeder stond voor het raam. Voor een ander raam stond de moeder van de Doodskop. Ze keken me met nietszeggende ogen aan. Er zou een absolute stilte hebben geheerst als Togo niet met dat hoge geluid van hem was gaan blaffen. De Doodskop gaf hem een schop en Togo droop jankend af.

Ik ging de trap voor het huis op en deed de deur open.

De luiken waren dicht en er was maar weinig licht. De radio stond aan. De ventilator zoemde. Mamma zat in haar onderjurk aan tafel aardappelen te schillen. Ze zag me binnenkomen, gevolgd door Felice. Het mes gleed uit haar hand. Het viel op de tafel en van daar op de grond. 'Wat is er gebeurd?'

Felice stak met een veelzeggend gebaar zijn handen in zijn zakken, boog het hoofd en zei: 'Hij was daarboven, bij dat joch.'

Mamma stond op, deed de radio uit, zette een stap, toen nog een, stond stil, sloeg haar handen voor haar gezicht, hurkte en keek me aan.

Ik barstte in tranen uit.

Ze was meteen bij me en nam me in haar armen. Ze drukte me stevig tegen haar boezem en voelde dat ik kletsnat was. Ze zette me op de stoel en keek naar mijn ontvelde armen en benen, naar het opgedroogde bloed op mijn knie, en lichtte mijn T-shirt op.

'Wat is er met je gebeurd?' vroeg ze.

'Hij! Dat heeft hij gedaan... Hij heeft me... geschopt,' wees ik naar Felice.

Mamma draaide zich om, nam Felice van hoofd tot voeten op en gromde: 'Wat heb je met hem gedaan, hufter?'

Felice stak zijn handen op. 'Niks. Wat ik met hem heb gedaan? Ik heb hem naar huis gebracht.'

Mamma kneep haar ogen halfdicht. 'Jij! Hoe haal je het in het hoofd!' De aderen in haar hals zwollen op en haar stem trilde: 'Hoe haal je het in je hoofd! Je hebt mijn zoon in elkaar geslagen, klootzak!' Toen vloog ze Felice aan.

Hij deinsde achteruit. 'Ik heb hem een trap onder zijn kont gegeven. Wat zou dat?'

Mamma probeerde hem te slaan. Felice greep haar polsen om haar van zich af te houden, maar ze was een leeuwin. 'Klootzak. Ik krab je ogen uit je kop!'

'Ik vond hem in dat hol... Hij wilde dat joch laten ontsnappen. Ik heb hem niks gedaan. Ho, hou op.'

Mamma had geen schoenen aan maar gaf hem evengoed een trap in zijn kruis.

Die arme Felice stootte een vreemd soort gejank uit, een kruising tussen gorgelen en het geluid van een afvoerputje, legde zijn hand over zijn geslacht en viel op zijn knieën. Zijn gezicht vertrok van de pijn en hij probeerde te schreeuwen, maar dat lukte niet, er zat geen lucht meer in zijn longen.

Ik stond nog steeds op de stoel en hield op met jammeren. Ik wist wel hoeveel pijn een trap tegen je ballen doet. En dat was een zeer bewuste trap tegen zijn ballen geweest.

Mamma had totaal geen medelijden. Ze pakte de koekenpan van het aanrecht en raakte Felice in zijn gezicht. Jankend zakte hij op de grond in elkaar.

Mamma tilde de koekenpan opnieuw op, ze wilde hem doodslaan, maar Felice greep haar bij haar enkel en trok. Mamma viel. De koekenpan gleed over de vloer. Felice stortte zich met zijn volle gewicht op haar.

Ik krijste wanhopig: 'Laat los, laat los, laat los!' Felice

greep haar bij haar armen, ging op haar maag zitten en hield haar vast.

Mamma krabde en beet als een kat. Haar onderjurk was opgeschoven. Je zag haar billen en de pluk zwart haar tussen haar benen, en er was een schouderbandje losgeraakt en een borst piepte eruit, wit en zwaar en met een donkere tepel.

Felice stopte en keek naar haar.

Ik zag hoe hij naar haar keek.

Ik klom van de stoel en wilde hem vermoorden. Ik sprong boven op hem en probeerde hem te wurgen.

Op dat moment kwamen pappa en die oude man binnen.

Pappa vloog Felice aan, greep hem bij zijn arm en trok hem van mamma af.

Felice rolde over de grond en ik rolde mee.

Ik stootte mijn slaap, keihard. In mijn hoofd begon een fluitketel te loeien en in mijn neus hing de lucht van het desinfecteermiddel dat ze op school in de wc's gooien. Voor mijn ogen knalden gele bliksemschichten.

Pappa schopte Felice in elkaar en Felice kroop onder de tafel en de oude man probeerde pappa tegen te houden, die zijn mond wijd open had en zijn handen vooruitstak en met zijn voeten de stoelen omver schopte.

Het gefluit in mijn hoofd was zo hard dat ik mijn eigen gehuil niet eens hoorde.

Mamma pakte me op en bracht me naar de slaapkamer, deed de deur met haar elleboog dicht en legde me op bed. Ik kon niet meer ophouden met huilen, ik schokte helemaal en ik zag knalrood.

Ze hield me stevig in haar armen en zei telkens: 'Het geeft niet, het geeft niet, het komt wel goed, het komt allemaal goed.'

Terwijl ik daar lag te huilen kon ik mijn ogen niet van de foto van padre Pio afhouden, die aan de kast hing. Hij keek me aan en leek tevreden naar me te glimlachen.

In de keuken schreeuwden pappa, de oude man en Felice tegen elkaar.

Daarna gingen ze alledrie het huis uit en gooiden de deur keihard dicht.

Het werd weer rustig.

De duiven zaten onder het dak te koeren. Het geluid van de koelkast. Krekels. De ventilator. Dat was stilte.

Mamma had dikke ogen, ze kleedde zich aan en desinfecteerde een schram op haar schouder. Ze waste me, droogde me af en trok het laken over me heen. Ze gaf me een perzik met suiker te eten en kwam naast me liggen. Ze pakte mijn hand en zei niets meer.

Ik kon geen vin meer verroeren. Ik legde mijn hoofd op haar buik en deed mijn ogen dicht.

De deur ging open.

'Hoe is het met hem?'

De stem van pappa. Hij praatte zachtjes, alsof de dokter had gezegd dat ik op sterven lag.

Mamma aaide over mijn haar. 'Hij heeft een schop tegen zijn hoofd gekregen, maar nu slaapt hij.'

'Hoe is het met jou?'

'Best.'

'Echt?'

'Ja. Maar die zak komt hier het huis niet meer in. Als hij nog één vinger naar Michele uitsteekt vermoord ik hem, en jou erbij.'

'Dat heb ik al geregeld. Ik moet weg.'

De deur ging dicht.

Mamma rolde zich naast me op en fluisterde in mijn oor: 'Als je groot bent moet je hier weggaan en nooit meer terugkomen.'

Het was nacht.

Mamma was er niet. Maria lag naast me te slapen. De klok op het nachtkastje tikte. De wijzers lichtten geel op. Het kussen rook naar pappa. Het witte licht uit de keuken kroop onder de deur door.

Aan de andere kant zaten ze ruzie te maken.

Zelfs advocaat Scardaccione was er, helemaal uit Rome. Hij was voor het eerst bij ons thuis.

Er waren die middag vreselijke dingen gebeurd, zo vreselijk dat je er niet eens kwaad om kon worden. Ze hadden mij met rust gelaten.

Ik was niet bang, ik voelde me veilig. Mamma had ons in de slaapkamer opgesloten en zou het niet goed vinden dat iemand daar naar binnen ging.

Op mijn hoofd zat een bult die pijn deed als ik eraan kwam, maar verder voelde ik me goed. Dat vond ik een klein beetje jammer. Zodra ze ontdekten dat ik niet ziek was zouden ze me weer naar mijn kamer brengen, bij die oude man. En ik wilde voor altijd in hun bed blijven liggen. Zonder er nog uit te komen, zonder Salvatore nog te zien, of Felice, of Filippo, helemaal niemand. Alles moest zo blijven.

Ik hoorde de stemmen in de keuken. De oude man, de advocaat, de kapper, de vader van de Doodskop en pappa. Ze maakten ruzie over een telefoongesprek en over wat ze moesten zeggen.

Ik stopte mijn hoofd onder het kussen.

Ik zag hoe het stormde op de ijzeren oceaan, hoe hoge golven van spijkers oprezen en een regen van zware bouten op de witte bus neerkletterde, die geluidloos wegzonk, met de neus omhoog, terwijl binnenin de monsters zaten, die door elkaar krioelden en doodsbang met hun vuisten op de ramen timmerden.

Niets aan te doen.

De ruiten waren van onbreekbaar glas.

Ik deed mijn ogen open.

'Michele, wakker worden.' Pappa zat op de rand van mijn bed en schudde aan mijn schouder. 'Ik moet met je praten.'

Het was donker. Maar over het plafond gleed een lichtvlek. Ik zag zijn ogen niet en wist niet of hij boos was.

In de keuken zaten ze nog steeds te praten.

'Michele, wat heb je vandaag gedaan?'

'Niks.'

'Geen onzin praten.' Hij was boos.

'Ik heb niks verkeerds gedaan. Ik zweer het.'

'Felice vond je bij die jongen. Hij zei dat je hem wilde bevrijden.'

Ik ging rechtop zitten. 'Nietes, niet waar! Ik zweer het! Ik heb hem eruit gehaald maar hem meteen weer teruggebracht. Ik wilde hem niet vrijlaten. Hij liegt.'

'Zachtjes praten, je zusje slaapt.' Maria lag op haar buik, met het kussen in haar armen.

Ik fluisterde: 'Geloof je me niet?'

Hij keek me aan. Zijn ogen glommen in het donker, als die van een hond.

'Hoe vaak ben je bij hem geweest?'

'Drie keer.'

'Hoe vaak?'

'Vier keer.'

'Zou hij je herkennen?'

'Wat?'

'Herkent hij je als hij je ziet?'

Ik dacht erover na. 'Nee, hij ziet niks. Hij houdt zijn hoofd altijd onder de deken.'

'Heb je je naam tegen hem gezegd?'

'Nee.'

'Heb je met hem gepraat?'

'Nee... haast niks.'

'Wat zei hij tegen jou?'

'Niks. Hij zegt gekke dingen. Daar snap je niks van.'

'En wat heb jij tegen hem gezegd?'

'Niks.'

Hij stond op. Het leek of hij weg wilde gaan, toen ging hij weer op het bed zitten. 'Luister goed. Ik maak geen grapjes. Als je daar nog eens heen gaat sla ik je dood. Als je daar nog één keer heen gaat schieten ze hem door zijn hoofd.' Hij gaf me een harde duw. 'Door jouw schuld.'

Ik stotterde: 'Ik zal er niet meer heen gaan. Ik zweer het.'

'Zweer het bij mijn hoofd.'

'Ik zweer het.'

'Je moet zeggen: ik zweer bij jouw hoofd dat ik er niet meer heen ga.'

Ik zei: 'Ik zweer bij jouw hoofd dat ik er niet meer heen ga.'

'Je hebt bij het hoofd van je vader gezworen.' Zonder iets te zeggen bleef hij naast me zitten.

In de keuken schreeuwde Barbara's vader tegen Felice.

Pappa keek uit het raam. 'Vergeet hem. Hij bestaat niet meer. En je mag er met niemand over praten. Nooit.'

'Goed. Ik ga er niet meer heen.'

Hij stak een sigaret op.

Ik vroeg: 'Ben je nog kwaad op me?'

'Nee, ga maar slapen.' Hij inhaleerde diep en leunde met zijn armen op de vensterbank. Zijn glanzende haar glom in het licht van de straatlantaarn. 'Jezus Christus, waarom houden andere kinderen zich koest en werk jij je in de nesten?'

'Dus je bent nog steeds kwaad op me?'

'Nee, ik ben niet kwaad op jou. Laat maar.' Hij hield zijn hoofd in zijn handen en fluisterde: 'Wat een ellende.' Hij schudde zijn hoofd. 'Er zijn dingen die helemaal verkeerd lijken als iemand...' Zijn stem klonk schor en hij zocht naar woorden. 'De wereld zit niet goed in elkaar, Michele.'

Hij stond op, rekte zich uit en maakte aanstalten om de kamer uit te gaan. 'Lekker slapen, ik moet daar weer heen.'

'Pappa, mag ik iets vragen?'

Hij gooide zijn sigaret het raam uit. 'Wat is er?'

'Waarom hebben jullie hem in dat hol gezet? Dat begrijp ik niet zo goed.'

Hij pakte de deurknop, ik dacht al dat hij me geen antwoord wilde geven, toen zei hij: 'Wilde jij niet weg uit Acqua Traverse?'

'Ja.'

'We gaan binnenkort naar de stad.'

'Waar dan?'

'Naar het Noorden. Vind je dat leuk?'

Ik knikte van ja.

Hij kwam weer naar me toe en keek me in de ogen. Zijn adem rook naar wijn. 'Michele, ik praat van man tot man met je. Luister goed. Als je daar nog eens heengaat vermoorden ze hem. Dat hebben ze gezworen. Je mag er niet meer heen gaan als je niet wilt dat ze hem doodschieten en als je wilt dat wij weggaan, naar de stad. En je mag er nooit over praten. Begrepen?'

'Begrepen.'

Hij gaf een zoen op mijn hoofd. 'Nu lekker slapen en er niet meer aan denken. Hou je van je vader?'

'Ja.'

'Wil je me helpen?'

'Ja.'

'Vergeet alles dan.'

'Goed.'

'En nu slapen.' Hij zoende Maria, die het niet eens merkte, en toen hij de slaapkamer uit ging trok hij de deur zachtjes achter zich dicht.

7

Het was een vreselijke troep.

De tafel stond vol flessen, kopjes en vuile borden. Boven de etensresten zoemden vliegen. De asbakken puilden uit van de sigarettenpeuken, stoelen en fauteuils stonden door elkaar. Het stonk naar rook.

De deur van mijn kamer stond op een kier. De oude man lag aangekleed op het bed van mijn zusje te slapen. Een arm hing omlaag. Zijn mond stond open. Zo nu en dan joeg hij een vlieg weg die over zijn gezicht wandelde. Pappa was op mijn bed gaan liggen, met zijn hoofd naar de muur. Mamma lag in elkaar gerold op de bank te slapen. Ze had de witte sprei over zich heen getrokken. Haar zwarte haar, een stukje van haar voorhoofd en een blote voet staken eronderuit.

De voordeur stond wijd open. Een zacht, lauw windje ritselde in de krant op de ladekast.

De haan kraaide.

Ik deed de koelkast open, pakte melk, schonk een glas vol en liep naar het terras. Op de treden ging ik naar het aanbreken van de dag zitten kijken.

De lucht was helder oranje maar werd bedorven door een blubberige paarse massa, die als een berg watten op de horizon lag, maar wat verder omhoog was de hemel schoon en zwart en schitterde er nog een enkele ster. Ik dronk de melk op, zette het glas op een van de treden en liep de weg op.

De voetbal van de Doodskop lag vlak bij het bankje en ik schopte ertegen. Hij kwam onder de auto van de oude man terecht.

Togo kwam de schuur uit. Hij jankte en geeuwde tegelijk. Hij rekte zich uit door zich heel lang te maken en met zijn achterpoten over de grond te slepen, en kwam kwispelend op me af.

Ik knielde. 'Togo, hoe is het?'

Hij hapte naar mijn hand en trok me mee. Hij beet niet echt maar had wel scherpe tanden.

'Waar wil je me heen brengen? Nou? Waar wil je me heen brengen?' Ik liep achter hem aan de schuur in. De duiven, die in elkaar gedoken op de stalen dakspanten zaten, vlogen op.

In een hoek, op de grond, lag zijn slaapmatje, een oude, grijze deken vol gaten.

'Wil je me je huis laten zien?'

Togo ging liggen, met zijn poten omhoog, als een gebraden kip.

Ik wist wel wat hij wilde. Ik kriebelde zijn buik en hij bleef doodstil liggen, in opperste verrukking, alleen zijn staart bewoog van links naar rechts.

De deken was dezelfde als die van Filippo.

Ik rook eraan. Deze stonk niet zoals die van hem.

Deze rook naar hond.

Ik lag op mijn bed Tex te lezen.

Ik was de hele dag in de slaapkamer gebleven. Net als toen ik koorts had en niet naar school hoefde. Op een bepaald moment was Remo komen vragen of ik zin had in een partijtje voetbal, maar ik had nee gezegd, en dat ik ziek was.

Mamma had net zo lang schoongemaakt tot het huis weer blonk als een spiegel, toen was ze naar de moeder van Barbara gegaan. Pappa en de oude man waren wakker geworden en weggegaan.

Mijn zusje kwam de kamer inhollen en sprong vrolijk op het bed. Ze hield iets achter haar rug.

'Raad eens wat Barbara me heeft geleend?'

Ik liet het blaadje zakken. 'Weet ik niet.'

'Toe nou, raad eens.'

'Weet ik niet.' Ik had geen zin om te spelen.

Ze haalde Ken te voorschijn, de man van Barbie, die spillepoot met zijn verwaande kop. 'Nu kunnen we samen spelen. Ik neem Paola en jij neemt hem. We kleden ze uit en dan leggen we ze in de koelkast. Dan gaan ze knuffelen, weet je wel?'

'Ik heb geen zin.'

Ze keek me onderzoekend aan: 'Wat is er?'

'Niks. Laat me met rust. Ik lig te lezen.'

'Wat ben jij saai.' Ze pufte en ging weg.

Ik las weer verder. Het was een nieuw nummer en Remo had het aan me uitgeleend. Maar ik kon mijn aandacht er niet bij houden en gooide het op de grond.

Ik dacht aan Filippo.

Wat moest ik nou? Ik had hem beloofd dat ik zou terugkomen, maar dat kon niet, want ik had pappa gezworen dat ik niet zou gaan.

Als ik naar hem toe ging schoten ze hem dood.

Maar waarom? Ik liet hem heus niet gaan, ik praatte alleen maar met hem. Ik deed niks verkeerds.

Filippo wachtte op me. Hij zat zich daar in dat hol af te vragen wanneer ik kwam, wanneer ik hem gehaktballetjes zou brengen.

'Ik kan niet komen,' zei ik hardop.

De laatste keer dat ik naar hem toe was gegaan had ik gezegd: 'Zie je wel dat ik ben gekomen?' En hij had geantwoord dat hij dat wel had geweten. Dat was hem niet door de wasbeertjes verteld. 'Je had het zelf beloofd.'

Ik hoefde hem maar vijf minuten te spreken. 'Filippo, ik

mag niet meer komen. Als ik nog eens kom maken ze je dood. Ik kan er niks aan doen, het is mijn schuld niet.' Dan zou hij niet zo ongerust meer zijn. Maar nu dacht hij dat ik hem niet meer wilde zien en dat ik mijn belofte niet hield. En dat was niet waar. Dat zat me nog het meest dwars.

Als ik er niet heen mocht, moest pappa het maar tegen hem zeggen: 'Het spijt me, Michele kan niet komen, daarom houdt hij zijn belofte niet. Als hij komt maken ze je dood. Hij heeft gezegd dat ik je de groeten moet doen.'

'Stop, ik moet hem vergeten,' zei ik tegen de kamer.

Ik raapte het blaadje op, liep naar de wc en ging op de pot zitten lezen, maar daar moest ik meteen mee ophouden.

Pappa riep me, vanaf de weg.

Wat moest hij nu weer van me? Ik was gehoorzaam geweest, ik had geen voet buiten de deur gezet. Ik hees mijn broek op en liep naar het terras.

'Kom hier, kom.' Hij beduidde me dat ik naar beneden moest komen. Hij stond naast de vrachtwagen. Ook mamma, Maria, de Doodskop en Barbara stonden daar.

'Wat is er?'

Mamma zei: 'Kom maar, een verrassing.'

Filippo. Pappa had Filippo bevrijd. En hem voor me meegebracht.

Mijn hart sloeg over. Ik stormde de trap af. 'Waar is hij?'

'Blijf staan.' Pappa klom in de vrachtwagen en pakte de verrassing.

'Nou?' vroeg pappa.

En mamma herhaalde: 'Nou?'

Het was een knalrode fiets, met een stuur dat veel weg had van de horens van een stier. Het voorwiel was klein. Hij had drie versnellingen en uitsteeksels op de banden. Op het lange zadel kon je wel met zijn tweeën.

Mamma vroeg weer: 'Wat is er? Vind je hem niet mooi?'

Ik knikte van ja.

Een paar maanden geleden had ik bij de fietsenwinkel in

Lucignano bijna zo'n zelfde gezien. Maar die was veel lelijker, die had geen zilverkleurig achterlicht en ook geen klein voorwiel. Ik was naar binnen gegaan om te kijken en de verkoper, een lange man met een snor en een grijze stofjas aan, had gezegd: 'Mooi hè?'

'Prachtig.'

'De laatste die ik nog heb. Een koopje. Waarom vraag je hem niet aan je ouders cadeau?'

'Ik zou hem best willen.'

'Nou dan?'

'Ik heb er al een.'

'Die?' De verkoper had zijn neus opgetrokken toen hij naar de Scassona wees, die tegen een lantaarnpaal stond.

Ik zei verontschuldigend: 'Die was eerst van pappa.'

'Het wordt tijd dat er iets anders komt. Zeg dat maar tegen je vader en moeder. Met zo'n juweel als deze kun je wel voor de dag komen.'

Ik was weggegaan. Het was niet eens in me opgekomen te vragen wat hij kostte.

Deze was nog veel mooier.

Op de stang stond met gouden letters RED DRAGON.

'Wat betekent dat, Red Dragon?' vroeg ik aan pappa.

Hij haalde zijn schouders op en zei: 'Dat weet je moeder wel.'

Mamma sloeg haar hand voor haar mond en begon te lachen: 'Je bent niet goed wijs, wat weet ik nou van Engels?'

Pappa keek me aan. 'Nou, wat doe je? Moet je hem niet proberen?'

'Nu?'

'Wanneer dan, morgen?'

Ik vond het vervelend om hem te proberen waar iedereen bij stond. 'Mag ik hem mee naar boven nemen?'

De Doodskop sprong erop. 'Als jij hem niet probeert doe ik het wel.'

Mamma gaf hem een draai om zijn oren. 'Van die fiets af, en gauw! Die is van Michele.'

157

'Wil je hem echt naar boven brengen?' vroeg pappa.

'Ja.'

'Red je dat?'

'Ja.'

'Goed dan. Maar alleen vandaag...'

Mamma zei: 'Ben je helemaal gek, Pino, die fiets in huis? Die maakt overal strepen.'

'Hij kijkt wel uit.'

Mijn zusje pakte haar bril, gooide hem op de grond en begon te huilen.

'Maria, raap onmiddellijk je bril op,' schoot pappa uit zijn slof.

Ze sloeg haar armen over elkaar. 'Nee, ik raap hem niet op, het is niet eerlijk. Michele krijgt alles en ik niks!'

'Jij moet op je beurt wachten.' Pappa haalde een pakje in blauw papier met een strik uit de vrachtwagen. 'Dit is voor jou.'

Maria zette haar bril weer op en probeerde de knoop los te krijgen, maar dat lukte niet, toen rukte ze er met haar tanden aan.

'Wacht, dat papier is nog goed, dat bewaren we.' Mamma haalde de strik los en maakte het papier open.

Er zat een Barbie in, met een kroontje op het hoofd en een strakke strapless jurk van wit satijn aan.

Maria viel bijna flauw. 'De ballet-Barbie!' Ze leunde tegen me aan. 'Wat mooi!'

Pappa deed het zeil over de vrachtwagen weer dicht. 'Met die cadeautjes zijn jullie de eerstkomende tien jaar onder de pannen.' Maria en ik gingen de trap op. Ik met mijn fiets over mijn schouder, zij met de ballet-Barbie in haar hand.

'Mooi hè?' zei Maria, terwijl ze naar haar pop keek.

'Nou. Hoe noem je haar?'

'Barbara.'

'Waarom Barbara?'

'Omdat Barbara zei dat ze net zo wordt als Barbie als ze groot is. En Barbie is Engels voor Barbara.'

'En wat doe je met Assepoester, gooi je die weg?'

'Nee, die wordt dienstmeisje.' Toen keek ze me aan en vroeg: 'Vond jij je cadeautje niet mooi?'

'Jawel, maar ik dacht dat het iets anders was.'

Die nacht sliep ik bij de oude man.

Ik lag net in bed Tex uit te lezen toen hij de kamer in kwam. Het leek wel alsof hij nog twintig jaar ouder was geworden. Zijn gezicht, dat toch al zo ingevallen was, leek nu wel een echte doodskop.

'Slaap je?' geeuwde hij.

Ik sloeg het blaadje dicht en draaide me naar de muur. 'Nee.'

'Ik ben geradbraakt.' Hij stak de lamp naast het bed aan en begon zich uit te kleden. 'Met al dat heen en weer rijden heb ik er heel wat kilometers opzitten. Ik heb geen rug meer. Ik moet slapen.' Hij pakte zijn broek op, bekeek hem eens goed en haalde zijn neus op.

'Ik moet een nieuwe garderobe aanschaffen.' Hij pakte zijn laarzen en zijn sokken en zette ze op de vensterbank.

Zijn voeten stonken.

Hij rommelde wat in zijn koffer, haalde de fles Stock '84 te voorschijn en zette hem aan zijn mond. Hij trok een gezicht en veegde zijn mond af met zijn hand. 'Gatver, wat een bocht.' Hij pakte de map, maakte hem open, keek naar het stapeltje foto's en vroeg: 'Wil je mijn zoon eens zien?' Hij stak me een foto toe.

Het was de foto die ik had gezien op de ochtend dat ik in zijn spullen had gesnuffeld. Francesco, gekleed als automonteur.

'Knappe jongen, hè?'

'Ja.'

'Hier ging het nog goed met hem, later werd hij broodmager.'

Er kwam een bruine nachtvlinder door het raam naar binnen en die begon om het lampje te fladderen. Telkens als hij het gloeiendhete glas raakte gaf dat een dof geluid.

De oude man pakte een krant en sloeg hem plat tegen de muur. 'Die klotevlinders.' Hij gaf me nog een foto. 'Mijn huis.'

Het was een laag, vrijstaand huis met roodgeverfde kozijnen. Boven het strooien dak zag je de kruinen van vier palmen. Voor de deur zat een zwart meisje in een gele bikini. Ze had lang haar en hield een ham in haar handen, als een trofee. Naast het huis stond een kleine garage met een enorme auto ervoor, wit, met open dak en getint glas.

'Wat is dat voor auto?' vroeg ik.

'Een Cadillac, tweedehands gekocht. Perfect. Ik hoefde alleen de banden te vervangen.' Hij trok zijn overhemd uit. 'Echt een koopje.'

'En wie is die zwarte vrouw?'

Hij ging op het bed liggen. 'Mijn vrouw.'

'Heb je een zwarte vrouw?'

'Ja. Ik ben bij de vorige weggegaan. Deze is drieëntwintig. Een lekker ding. Ze heet Sonia. En als je denkt dat dat een ham is vergis je je, dat is bacon. Echte bacon uit de Veneto. Die heb ik voor haar meegebracht uit Italië. Dat kennen ze in Brazilië niet, echt een lekkernij. Een heel gedoe om hem daar te krijgen. Ze lieten me er bij de douane eerst niet eens door. Ze wilden hem opensnijden, dachten dat er drugs in zaten... Nou, ik doe het licht uit, ik ben moe.'

Het werd donker in de kamer. Ik hoorde hem ademhalen en er kwamen vreemde geluiden uit zijn mond.

Op een bepaald moment zei hij: 'Je hebt geen idee hoe ze daar leven. Het kost daar allemaal niks. Iedereen slooft zich voor je uit. Je steekt de hele dag geen poot uit. Heel wat anders dan in dit rotland. Ik heb het hier wel gezien.'

Ik vroeg: 'Waar ligt Brazilië?'

'Ver weg. Veel te ver weg. Goeienacht en welterusten.'

'Welterusten.'

8

Alles kwam tot stilstand.

Acqua Traverse was door een fee in slaap gebracht. De dagen volgden elkaar op, kokendheet, allemaal eender, eindeloos.

De volwassenen kwamen zelfs 's avonds het huis niet meer uit. Eerst zetten ze na het avondeten de tafels nog buiten om te kaarten. Nu bleven ze binnen. Felice liet zich niet meer zien. Pappa lag de hele dag op bed en praatte alleen met de oude man. Mamma kookte. Salvatore had zich in huis opgesloten.

Ik reed op mijn nieuwe fiets rond. Ze wilden hem allemaal proberen. De Doodskop reed op één wiel heel Acqua Traverse rond, ik nog geen twee meter.

Vaak bleef ik op mezelf. Ik fietste aan de overkant van de droge beekbedding, over stoffige landweggetjes die me ver weg brachten, waar niets meer was behalve omgevallen palen en door roest aangevreten prikkeldraad. In de verte trilden de dorsmachines in de golven hitte die van de akkers opstegen.

Het was alsof God het haar van de wereld had gemillimeterd. Soms reden de vrachtwagens met zakken graan door Acqua Traverse, dikke slierten zwarte rook achterlatend.

Als ik buiten was had ik het gevoel dat iedereen keek wat ik deed. Ik verbeeldde me dat de moeder van Barbara me van achter het raam in de gaten hield, dat de Doodskop me nawees en iets tegen Remo fluisterde en dat Barbara raar naar me lachte. Maar ook als ik alleen was, op een tak van de johannesbroodboom of op de fiets, achtervolgde dat gevoel me. Zelfs als ik me een weg baande door de restanten van die zee van korenaren, voorbestemd om te worden samengeperst tot balen, en ik niets anders dan de hemel om me heen zag, leek het wel of duizenden ogen naar me loerden.

Ik ga niet, rustig maar. Ik heb het gezworen.

Maar daar lag de heuvel, en hij wachtte op me.

Ik begon de weg naar de boerderij van Melichetti af te rijden. En zonder dat ik er erg in had reed ik elke dag een stukje verder.

Filippo was me vergeten, dat voelde ik.

Ik probeerde hem in gedachten te roepen.

Filippo? Filippo, hoor je me?

Ik kan niet komen. Ik mag niet.

Hij dacht niet aan me.

Misschien was hij wel dood. Misschien was hij er niet meer.

Op een middag ging ik na het eten op bed liggen lezen. Het licht verdrong zich voor de luiken en sijpelde de kokendhete kamer in. Er zaten krekels in mijn oren. Ik viel in slaap met het nummer van Tiramolla in mijn handen.

Ik droomde dat het nacht was, maar ik kon wel zien. De heuvels bewogen in het donker. Ze verplaatsten zich langzaam, als schildpadden onder een tapijt. Toen deden ze allemaal tegelijk hun ogen wijd open, rode gaten in het graan, en ze kwamen overeind, zeker wetend dat niemand ze zag, en het werden reuzen van aarde, begroeid met halmen, en ze liepen met verende tred over de akkers en vielen me aan en begroeven me onder de grond.

Badend in het zweet werd ik wakker. Ik ging naar de koel-

kast om water te pakken. Nog steeds zag ik die reuzen voor
me.

Ik ging naar buiten en pakte de Scassona.

Ik stond voor het pad dat naar het verlaten huis leidde.

Daar lag de heuvel. Wazig, onder een sluier van hitte. Ik
meende in het graan twee zwarte ogen te zien, vlak onder
de top, maar dat waren gewoon lichtvlekken, door de plooi-
en in het terrein. De zon begon al te dalen en wat minder
fel te worden. Heel langzaam legde de schaduw van de heuvel zich over de vlakte.

Ik kon erheen gaan.

Maar pappa's stem hield me tegen. 'Luister goed. Als je
daarheen gaat maken ze hem dood. Dat hebben ze gezworen.'

Wie dan? Wie had dat dan gezworen? Wie maakte hem
dan dood?

Die oude man? Nee. Die niet. Die was niet sterk genoeg.

Zij, de reuzen van aarde. De bazen van de heuvel. Nu lagen ze onder de akkers, onzichtbaar, maar 's nachts werden
ze wakker en dan liepen ze over het land. Als ik nu naar Filippo ging zouden ze, of het dag was of niet, als golven in
de oceaan oprijzen en erheen gaan, en hun aarde in het hol
gooien en hem begraven.

Ga terug, Michele, ga terug, zei het stemmetje van mijn
zusje.

Ik draaide mijn fiets om en reed in volle vaart door het
graan terug, dwars door de kuilen, trappend als een idioot,
in de hoop dat ik over de ruggen van die rotmonsters zou
rijden.

Ik had me verscholen onder een rotsblok in de droge beekbedding.

Ik zweette. De vliegen lieten me geen seconde met rust.

De Doodskop had ze allemaal opgespoord. Alleen ik was
nog over. Nu werd het moeilijk. Ik moest wegrennen zon-

der stil te staan, het stoppelveld oversteken naar de johannesbroodboom en roepen: 'Buut vrij!'

Maar daar stond de Doodskop, vlak bij de boom, zo waakzaam als een jachthond, en als hij mij zag rennen zou hij het ook op een lopen zetten en dan was hij me met een paar reuzenstappen voorbij.

Ik moest gewoon wegrennen, verder niks. Als het lukte was dat mooi meegenomen en als het niet lukte gaf het ook niet.

Ik wilde net in beweging komen toen er een zwarte schaduw over me heen viel.

De Doodskop!

Het was Salvatore. 'Schuif eens op, anders ziet-ie me. Hij staat vlakbij.'

Ik maakte plaats voor hem en hij kroop ook onder het rotsblok.

Zonder dat ik het wilde flapte ik eruit: 'En de anderen?'

'Hij heeft ze allemaal. Alleen jij en ik zijn nog over.'

Het was de eerste keer dat we elkaar spraken sinds die dag met Felice.

De Doodskop had me gevraagd waarom we ruzie hadden.

'We hebben geen ruzie. Ik vind Salvatore gewoon stom,' had ik geantwoord.

De Doodskop had zijn arm om mijn schouder gelegd. 'Heel goed. Het is een klootzak.'

Salvatore veegde het zweet van zijn voorhoofd.

'Wie gaat de anderen verlossen?'

'Ga jij maar.'

'Waarom?'

'Omdat jij vlugger bent.'

'Ik ren harder als het ver is, maar jij bent eerder bij de boom.'

Ik zei niks.

'Ik heb een idee,' ging hij door. 'We gaan samen, alletwee tegelijk. Als de Doodskop eraankomt ga ik voor hem staan en ren jij naar de boom. Dan hebben we hem te pakken. Wat vind je?'

'Goed idee. Maar dan buut ik vrij en ben jij erbij.'

'Geeft niet. Het is de enige manier om die pestkop te pakken.'

Ik lachte.

Hij keek me aan en stak zijn hand naar me uit.

'Vrienden?'

'Best.' Ik gaf hem de mijne.

'Weet je dat La Destani onze klas niet meer krijgt? We krijgen dit jaar een nieuwe juf.'

'Wie heeft dat gezegd?'

'Mijn tante heeft met het hoofd gepraat. Die zegt dat ze knap is. En misschien jaagt ze je niet zo op als La Destani.'

Ik rukte een pluk gras uit. 'Voor mij maakt het niks uit.'

'Hoezo?'

'Omdat we weggaan uit Acqua Traverse.'

Salvatore keek me verbaasd aan. 'Waar gaan jullie dan heen?'

'Naar het Noorden.'

'Waarheen dan?'

Ik zei maar wat: 'Naar Pavia.'

'En waar ligt Pavia?'

Ik haalde mijn schouders op. 'Weet ik niet. Maar we gaan in een flat wonen, op de hoogste verdieping. En dan koopt pappa een Mirafiori 131. En ik ga daar naar school.'

Salvatore pakte een steentje en gooide het van zijn ene hand in de andere. 'En je komt nooit meer terug?'

'Nee.'

'Je ziet de nieuwe juf niet meer?'

Ik keek naar de grond. 'Nee.'

'Jammer,' fluisterde hij. Hij keek me aan. 'Klaar?'

'Klaar.'

'Daar gaan we. En niet stilstaan. Op drie.'

'Een, twee, drie!' We stoven weg.

'Daar zijn ze, kijk, daar!' schreeuwde Remo, boven in de boom.

Maar de Doodskop kon niks meer doen, wij waren veel te vlug. We raakten tegelijk de boom aan en riepen: 'Buut vrij!'

9

Toen we wakker werden lag alles onder een grauwe sluier. Het was warm, het was vochtig, en af en toe kwam de klamme lucht in beweging door plotselinge rukwinden. 's Nachts hadden zich dikke, dreigende wolken boven de horizon samengepakt, en die kwamen nu de kant op van Acqua Traverse.

Met open mond hadden we staan kijken. We waren vergeten dat er water uit de hemel kon vallen.

Nu waren we onder het afdak. Ik lag op de zakken met graan met mijn hoofd op mijn handen rustig te kijken hoe de wespen een nest bouwden.

De anderen zaten in een kring naast de ploeg. Salvatore zat onderuitgezakt op het ijzeren stoeltje van de tractor, met zijn voeten op het stuur.

Ik mocht die wespen wel. Remo had hun huis minstens tien keer met stenen kapotgemaakt, maar die stijfkoppen kwamen het telkens weer op dezelfde plek bouwen, in een hoek tussen twee stalen binten en een goot. Met hun speeksel maakten ze een papje van stro en hout en bouwden dan een nest dat wel van karton leek.

De anderen zaten met elkaar te kletsen, maar ik luisterde niet. De Doodskop praatte zoals altijd het hardst en Salvatore luisterde zonder iets te zeggen.

Ik zou het heerlijk vinden als het ging regenen, iedereen had schoon genoeg van de droogte.

Ik hoorde Barbara zeggen: 'Waarom gaan we niet naar Lucignano om een ijsje te eten? Ik heb geld.'

'Heb je voor ons ook geld?'

'Nee, niet genoeg. Misschien voor twee tonnetjes.'

'Wat gaan we dan in Lucignano doen? Kijken hoe jij je volpropt met ijs en nog vetter wordt?'

Waarom maakten die wespen een nest? Wie had ze dat geleerd?

'Dat weten ze. Dat zit in hun aard,' had pappa geantwoord toen ik hem daar een keer naar vroeg.

Mijn zusje kwam naar me toe en zei: 'Ik ga naar huis. Wat doe jij?'

'Ik blijf hier.'

'Best. Ik ga brood met boter en suiker klaarmaken. Dag.' Ze ging weg, gevolgd door Togo.

Wat zat er in mijn aard? Wat kon ik?

'Nou,' zei Remo, 'doen we nog een spelletje vlagveroveren?'

Ik kon in de johannesbroodboom klimmen. Dat kon ik heel goed en dat had niemand me geleerd.

De Doodskop stond op, gaf een trap tegen de bal en schoot die naar de overkant van de weg.

'Ik heb een goed idee, jongens. Waarom gaan we niet naar die plek van de vorige keer?'

Misschien kon ik naar Maria toe gaan en ook een snee brood met boter en suiker klaarmaken, maar ik had geen honger.

'Waar?'

'Op de berg.'

'Welke berg?'

'Dat verlaten huis. Voor de boerderij van Melichetti.'

Ik draaide me om. Plotseling werd mijn lichaam wakker, mijn hart bonkte in mijn keel en mijn maag kneep samen.

Barbara voelde er niet veel voor. 'Wat gaan we daar dan

doen? Het is heel ver. En als het begint te regenen?'

De Doodskop bauwde haar na: 'En als het begint te regenen? Dan worden we nat! Niemand heeft je trouwens gevraagd om mee te gaan.'

Ook Remo leek niet enthousiast. 'Wat gaan we daar dan doen?'

'Op onderzoek in het huis. De vorige keer is alleen Michele binnen geweest.'

Remo zei iets tegen me.

Ik keek hem aan. 'Wat? Ik versta je niet.'

'Wat is er in dat huis?' vroeg hij.

'Wat?'

'Wat is er in dat huis?'

Ik kon niks zeggen, mijn mond was kurkdroog. Ik stotterde: 'Niks... Weet ik veel...' Ik had het gevoel dat er een ijskoude vloeistof van mijn hoofd druppelde, langs mijn nek, langs mijn ribben. 'Wat oude meubels, een keuken, dat soort dingen.'

De Doodskop vroeg aan Salvatore: 'Ga je mee?'

'Nee, ik heb geen zin,' schudde Salvatore het hoofd. 'Barbara heeft gelijk. Het is ver.'

'Ik ga wel. We kunnen daar ons geheime basiskamp maken.' De Doodskop pakte zijn fiets, die tegen de tractor stond. 'Wie mee wil gaat mee. Wie niet wil blijft hier.' Hij vroeg aan Remo: 'Wat doe jij?'

'Ik ga mee.' Remo stond op en vroeg aan Barbara: 'Ga jij mee?'

'Als we geen wedstrijd doen.'

'Geen wedstrijden,' verzekerde de Doodskop en vroeg nogmaals aan Salvatore: 'Dus jij gaat niet mee?'

Ik wachtte, zonder iets te zeggen.

'Ik blijf bij Michele,' zei Salvatore, en mij aankijkend vroeg hij: 'En jij, ga jij?'

Ik stond op en zei: 'Ja, ik ga mee.'

Salvatore sprong van de tractor. 'Best, dan gaan we.'

Allemaal samen, net als de eerste keer, reden we weer naar de heuvel.

We fietsten achter elkaar. Alleen mijn zusje was er niet bij.

De atmosfeer was drukkend en de hemel had een onnatuurlijke paarsrode kleur. De wolken die zich eerst boven de horizon hadden verzameld stapelden zich nu boven onze hoofden op en verdrongen elkaar als hordes Hunnen voor een veldslag. Groot en donker. De zon was dof en dreigend, alsof er een filter voor zat. Het was niet koud en niet warm, maar het waaide wel. Langs de weg en op de akkers lagen balen geperst stro, als pionnen op een schaakbord. Waar de dorsmachine nog niet was geweest vormden zich langgerekte golven waarin het graan alle kanten op viel.

Remo keek bezorgd naar de horizon. 'Zo meteen begint het te gieten.'

Hoe dichter ik bij de heuvel kwam, hoe akeliger ik me voelde. Er lag een steen op mijn maag. De resten van het eten rolden door mijn ingewanden. Ik kreeg geen lucht en mijn nek en mijn rug dropen van het zweet.

Wat was ik aan het doen? Bij iedere trap brokkelde een stukje van mijn eed af.

'Luister goed, Michele, je mag er niet meer heen. Als je toch gaat maken ze hem dood. Door jouw schuld.'

'Ik ga er niet meer heen.'

'Zweer het bij mijn hoofd.'

'Ik zweer het.'

'Zeg: ik zweer bij jouw hoofd dat ik er niet meer heen ga.'

'Ik zweer bij jouw hoofd dat ik er niet meer heen ga.'

Ik brak mijn eed, ik ging naar Filippo, en als ze me vonden vermoordden ze hem.

Ik wilde terug, maar mijn benen trapten verder en een onbedwingbare kracht trok me naar de heuvel.

Een verre donderslag verscheurde de stilte.

'Laten we naar huis gaan,' zei Barbara, alsof ze mijn gedachten had geraden.

Ik hijgde: 'Ja, we gaan terug.'

De Doodskop reed ons grijnzend voorbij.

'Als jullie het in je broek doen voor een beetje water ga je maar naar huis. Lijkt me veel beter.'

Barbara en ik keken elkaar aan en ploeterden verder.

De wind wakkerde aan. Hij striemde de akkers en joeg het kaf op. Het viel niet mee om onze fietsen recht te houden, de windstoten bliezen ons van de weg.

'We zijn er al. Het was toch zo ver?' zei de Doodskop terwijl hij piepend remde op de steenslag.

Voor ons lag het pad naar het huis.

Salvatore keek me aan en vroeg: 'Gaan we?'

'Ja, kom mee.'

We begonnen aan de helling. Het kostte me moeite om de anderen bij te houden. Red Dragon was een kat in de zak. Dat zou ik nooit toegeven, maar het was wel zo. Als je voorover boog zat het stuur zowat in je mond en als je in een andere versnelling ging liep de ketting eraf. Om niet achter te blijven moest ik in de hoogste versnelling.

Van de akkers rechts van ons vloog een zwerm raven op. Ze krasten en klapwiekten, meegevoerd door de wind.

De zon was verzwolgen door het grijs en het leek opeens wel avond. Een donderslag. Nog een. Ik keek naar de wolken die over elkaar heen buitelden en elkaar verslonden. Af en toe lichtte er een op alsof er binnenin vuurwerk werd afgestoken.

Het onweer kwam steeds dichterbij.

En als Filippo dood was?

Een wit, in elkaar gerold lijk in een hol. Overdekt met vliegen en krioelend van de maden en de wormen, verschrompelde handen en stijve, grauwe lippen.

Nee, hij was niet dood.

En als hij me niet herkende? Als hij niet meer met me wilde praten?

'Filippo, ik ben het, Michele. Ik ben er weer. Dat had ik gezworen, ik ben er weer.'

'Jij bent Michele niet. Michele is dood. Hij zit in een hol, net als ik. Ga weg.'

Voor ons doemde het kleine dal op. Donker en doodstil. De vogels en de krekels zwegen.

Toen we tussen de eiken door reden viel er een grote, zware druppel op mijn voorhoofd, en een op mijn arm, en een op mijn schouder, en toen brak het onweer los, vlak boven ons. Het begon te gieten. De stortbui striemde de boomkruinen en de wind floot door de takken en ruiste in de bladeren en de grond zoog het water op als een droge spons en de druppels kaatsten terug van de dorstige grond en verdwenen dan en de bliksemschichten boorden zich in de akkers.

'Schuilen!' brulde de Doodskop. 'Rijden!'

We reden keihard maar we waren al doorweekt. Ik minderde vaart, als ik de 127 zag, of iets ongewoons, ging ik ervandoor.

Er stonden geen auto's en ik zag niets ongewoons.

Ze vlogen de stal in. Daar was het hol, achter de braamstruiken, ik wilde erheen rennen en het openmaken en Filippo zien, maar dwong mezelf met de anderen mee te gaan.

Die stonden te springen, aangestoken door het onweer. We trokken onze T-shirts uit en wrongen ze uit. Barbara moest haar bloes aanhouden, anders zag je haar tietjes.

Ze lachten allemaal zenuwachtig en wreven over hun koude armen en keken naar buiten. Het leek wel of er gaten in de hemel zaten. Onder donderend geraas verbonden bliksemschichten de wolken met de grond. De open plek stond binnen de kortste keren vol plassen en van de hellingen liepen stroompjes rode modder.

Filippo stierf natuurlijk van angst. Al dat water liep het hol in en als het niet gauw ophield kon hij wel verdrinken. Het lawaai van de regen op de golfplaat zou hem doof maken.

Ik moest naar hem toe.

'Boven staat een motor,' hoorde ik mijn stem zeggen.

Ze draaiden zich allemaal om en keken me aan.

'Ja, daar staat een motor...'

De Doodskop sprong overeind alsof hij in een mierenhoop was gaan zitten. 'Een motor?'

'Ja.'

'Waar dan?'

'Op de bovenverdieping. In de verste kamer.'

'Wat doet die daar?'

Ik haalde mijn schouders op. 'Weet ik veel.'

'Doet-ie het volgens jou nog?'

'Kan best.'

Salvatore keek me aan, met een spottend lachje om zijn lippen. 'Waarom heb je dat nooit verteld?'

De Doodskop hield zijn hoofd scheef. 'Ja, waarom heb je dat nooit tegen ons gezegd? Nou?'

Ik slikte. 'Omdat ik daar geen zin in had. Ik had straf gehad.'

In zijn ogen blonk iets van begrip. 'Laten we maar eens gaan kijken. Stel je voor dat-ie het doet...'

De Doodskop, Salvatore en Remo vlogen de stal uit, hun handen beschermend boven hun hoofd en elkaar in de plassen duwend.

Barbara maakte ook al aanstalten, maar bleef in de regen staan. 'Kom jij niet?'

'Ik kom zo. Ga maar.'

Door het water hing haar haar als vettige slierten spaghetti glad omlaag tot op haar schouders. 'Wil je niet dat ik op je wacht?'

'Nee, ga maar, ik kom zo.'

'Best.' Ze rende weg.

Ik liep om het huis heen, langs de braamstruiken. Het bloed klopte in mijn slapen en mijn knieën knikten. Ik kwam bij de open plek. Die was veranderd in een door de regen gegeselde modderpoel.

Het hol was open.

De groene golfplaat lag er niet meer en ook de matras niet.

Het water gutste over me heen, dwars door mijn korte broek en mijn onderbroek en mijn haar plakte op mijn voorhoofd, en daar was het hol, een zwart gat in de donkere aarde.

Ik liep erheen, haalde nauwelijks adem en balde mijn vuisten terwijl de hemel omlaag kwam en mijn keel werd dichtgeknepen door golven witgloeiende pijn.

Ik sloot mijn ogen en deed ze weer open, in de hoop dat er iets zou veranderen.

Het gat was er nog steeds, net zo zwart als het gat in de wastafel.

Wankelend liep ik ernaar toe, mijn voeten in de blubber. Ik streek met mijn hand over mijn gezicht om het droog te vegen. Ik zakte bijna in elkaar maar liep toch door.

Hij is er niet. Niet kijken. Ga weg.

Ik stond stil.

Schiet op. Ga kijken.

Ik durf niet.

Ik keek naar mijn sandalen vol modder. Zet een stap, zei ik tegen mezelf. Dat deed ik. Nog een. Dat deed ik ook. Goed zo. Nog een en nog een. Toen zag ik de rand van het hol voor mijn voeten.

Je bent er.

Nu hoefde ik er alleen maar in te kijken.

Daar was niemand meer, dat wist ik heel zeker.

Ik stak mijn nek uit en keek.

Zie je wel. Niks meer. Zelfs de emmer en het pannetje niet. Alleen smerig water en een kletsnatte deken.

Ze hadden hem meegenomen. Zonder het tegen me te zeggen. Zonder me te waarschuwen.

Hij was weg en ik had hem niet eens gedag gezegd.

Waar was hij? Dat wist ik niet, maar ik wist wel dat hij van mij was en dat ze hem hadden weggehaald.

'Waar ben je?' riep ik tegen de regen.

Ik viel op mijn knieën, begroef mijn vingers in de modder en kneep mijn handen tot vuisten.

'Die motor bestaat niet eens.'

Ik draaide me om.

Salvatore.

Daar stond hij, een paar meter van me vandaan, in zijn doorweekte overhemd, zijn lange broek vol modder. 'Die motor bestaat niet, hè?'

Ik fluisterde van nee.

Hij wees op het gat. 'Zat hij daar?'

Ik knikte en stotterde: 'Ze hebben hem meegenomen.'

Salvatore kwam dichterbij, keek erin en toen naar mij. 'Ik weet wel waar hij is.'

Langzaam draaide ik mijn gezicht naar hem toe. 'Waar dan?'

'Bij Melichetti, in het ravijn.'

'Hoe weet je dat?'

'Dat hoorde ik gisteren. Pappa praatte met jouw vader en met die man uit Rome. Ik stond achter de deur van zijn werkkamer en hoorde ze. Hij is naar een andere plek. De ruil was niet doorgegaan, zeiden ze.' Hij streek zijn natte haar van zijn voorhoofd. 'Ze zeiden dat deze plek niet meer veilig is.'

Het onweer dreef over.

Even snel als het was losgebarsten.

Het was inmiddels al ver weg. Een donkere massa die over het land trok, het besproeide en dan haar eigen weg weer ging.

We reden over het pad omlaag.

De lucht was zo schoon dat je in de verte, voorbij de okergele vlakte, een groen streepje zag. De zee. Het was de eerste keer dat ik die vanuit Acqua Traverse zag.

De stortbui had een geur achtergelaten van gras en natte aarde, en een vleugje koelte. De wolken die nog in de lucht hingen waren wit en rafelig en de vlakte werd doorsneden door vlijmscherpe strepen zonlicht. De vogels begonnen weer te zingen, het leek wel een zangwedstrijd.

Ik had tegen de Doodskop gezegd dat ik hem voor de gek had gehouden.

'Leuke grap, zeg,' had hij geantwoord.

Ik had zo'n gevoel dat niemand die heuvel ooit nog op zou gaan, het was te ver en er viel in die bouwval niks te beleven. En dat verborgen dal bracht ongeluk.

Filippo was aan de varkens van Melichetti gevoerd, omdat de ruil was mislukt en omdat het hol niet langer veilig was, dat hadden ze gezegd. En de bazen van de heuvels en de monsters die ik zelf verzon hadden er niets mee te maken

'Hou eens op met die monsters, Michele. Monsters bestaan niet. Je moet uitkijken voor mensen, niet voor monsters.' Dat had pappa tegen me gezegd.

Het was pappa's schuld. Dat was ik niet vergeten en dat zou ik ook nooit vergeten.

Als katten hagedissen vangen spelen ze ermee, en daar gaan ze ook nog mee door als de hagedis al helemaal is opengehaald en zijn ingewanden eruit hangen en zijn staart eraf is. Ze lopen hem rustig achterna, gaan zitten, halen naar hem uit en vermaken zich met de hagedis tot hij dood is. En als hij dood is raken ze hem heel voorzichtig met een poot aan, alsof ze hem vies vinden. En als hij dan niet meer beweegt kijken ze er naar en gaan ze weg.

Een oorverdovend geronk, een metalig lawaai verstoorde de rust en overstemde alles.

Naar de hemel wijzend riep Barbara: 'Kijk, kijk!'

Van achter de heuvel verschenen twee helikopters. Twee ijzeren libellen, twee dikke blauwe libellen met op de zijkant het woord Carabinieri.

Ze zakten tot vlak boven ons en wij begonnen te zwaaien en te schreeuwen, ze gingen naast elkaar vliegen, keerden op hetzelfde moment om alsof ze ons wilden laten zien hoe knap ze waren. Toen vlogen ze weg, over de velden, over Acqua Traverse, en verdwenen aan de horizon.

De grote mensen waren er niet.

De auto's stonden er wel, maar zijzelf waren er niet.

De huizen leeg, de deuren open.

Barbara was opgewonden. 'Is er bij jou iemand thuis?'

'Nee, en bij jou?'

'Ook niet.'

'Waar zijn ze?' Remo stond te hijgen. 'Ik heb zelfs bij de moestuin gekeken.'

'Wat zullen we doen?' vroeg Barbara.

'Weet ik niet,' antwoordde ik.

De Doodskop liep naar het midden van de weg, met zijn handen in zijn zakken en met een sombere blik, als een bandiet in een spookdorp. 'Kan mij wat schelen. Best. Ik wachtte allang tot ze allemaal zouden oprotten.' Hij spuugde.

'Michele!'

Ik draaide me om.

Mijn zusje kwam in haar onderbroekje en haar hemd de schuur uit, met haar Barbies in haar hand en met Togo, die haar als een schaduw volgde.

Ik rende naar haar toe. 'Maria, Maria, waar zijn de groten?'

Ze antwoordde rustig: 'Bij Salvatore thuis.'

'Waarom?'

Ze wees op de hemel. 'De helikopters.'

'Hoezo?'

'Ja, er kwamen helikopters over en toen liepen ze allemaal de weg op en begonnen naar elkaar te schreeuwen en toen gingen ze naar het huis van Salvatore.'

'Waarom?'

'Weet ik niet.'

Ik keek om me heen. Salvatore was er niet meer.

'En wat doe jij hier?'

'Mamma zei dat ik hier moest wachten. Ze vroeg waar jij heen was.'

'En wat heb je gezegd?'

'Dat je naar de berg was.'

De groten bleven de hele avond in het huis van Salvatore.

Wij wachtten op de binnenplaats, op de rand van de fontein.

'Wanneer zijn ze klaar?' vroeg Maria voor de honderdste keer.

En ik antwoordde voor de honderdste keer: 'Weet ik niet.'

Ze hadden gezegd dat we moesten wachten, ze zaten te praten.

Om de vijf minuten liep Barbara de trap op om te kloppen, maar er deed niemand open. Ze was bang. 'Waar hebben ze het dan de hele tijd over?'

'Weet ik niet.'

De Doodskop was samen met Remo weggegaan. Salvatore was binnen, vast en zeker in zijn kamer opgesloten.

Barbara kwam naast me zitten. 'Wat is er aan de hand?'

Ik haalde mijn schouders op.

Ze keek me aan. 'Wat heb je?'

'Niks. Ik ben moe.'

'Barbara!' Angela Mura stond voor het raam. 'Barbara, naar huis.'

Barbara vroeg: 'Wanneer kom je?'

'Ik kom zo. Hollen.'

Barbara zei ons gedag en ging met tegenzin weg.

'Wanneer komt mamma?' vroeg Maria aan Angela Mura.

Ze keek naar ons en zei: 'Ga maar naar huis en eet wat, ze komt zo.' Ze deed het raam weer dicht.

Maria schudde van nee. 'Ik ga niet, ik wacht hier.'

Ik stond op. 'Kom maar, dat is beter.'

'Nee!'

'Kom op, geef me een hand.'

Ze deed haar armen over elkaar. 'Nee! Ik blijf de hele nacht hier, kan me niks schelen.'

'Kom, geef me nou een hand.'

Ze zette haar bril recht en ging staan. 'Maar ik ga niet slapen.'

'Je mag niet slapen.'

Hand in hand liepen we naar huis.

10

Ze schreeuwden zo hard dat ze ons wakker maakten.

We waren aan alles gewend geraakt. Aan nachtelijke bijeenkomsten, aan herrie, aan harde stemmen, aan gebroken borden, maar nu schreeuwden ze te hard.

'Waarom gillen ze zo?' vroeg Maria, languit op haar bed.

'Weet ik niet.'

'Hoe laat is het?'

'Laat.'

Het was midden in de nacht, donker, we lagen in onze eigen slaapkamer en waren klaarwakker.

'Laat ze eens ophouden,' jengelde Maria. 'Zo kan ik niet slapen. Zeg eens dat ze wat zachter gillen.'

'Mag niet.'

Ik probeerde te verstaan wat ze zeiden, maar ze schreeuwden door elkaar.

Maria kroop naast me. 'Ik ben bang.'

'Zij zijn ook bang.'

'Waarom?'

'Omdat ze schreeuwen.'

Hun geschreeuw was hetzelfde als het blazen van smaragdhagedissen.

Als smaragdhagedissen niet meer weg kunnen en je ze wilt pakken, doen ze hun bek wijd open, dan zwellen ze op en dan blazen ze, om je bang te maken, omdat zij banger zijn dan jij, want jij bent een reus, en het enige dat ze kunnen doen is proberen jou de stuipen op het lijf te jagen. En als jij niet weet dat ze zachtaardig zijn, dat ze niets doen, dat het maar schijn is, raak je ze niet aan.

De deur ging open.

Heel even was de kamer verlicht. Ik zag de zwarte omtrek van mamma, en achter haar de oude man.

Mamma deed de deur weer dicht. 'Zijn jullie wakker?'

'Ja,' antwoordden we.

Ze deed de lamp op het nachtkastje aan. In haar hand had ze een bord met brood en kaas. Ze kwam op de rand van het bed zitten. 'Ik heb eten voor jullie meegebracht.' Ze praatte zachtjes, met vermoeide stem. Ze had wallen onder haar ogen, haar haar zat in de war en ze zag er afgetobd uit. 'Eet wat en ga lekker slapen.'

'Mamma?' vroeg Maria.

Mamma zette het bord op haar knieën. 'Wat is er?'

'Wat gebeurt er?'

'Niks.' Mamma probeerde de kaas te snijden, maar haar handen beefden. Ze was niet erg goed in toneelspelen. 'Eten jullie nu maar, dan...' Ze boog voorover, zette het bord op de grond, hield een hand voor haar gezicht en begon stil te huilen.

'Mamma... mamma... Waarom huil je?' Maria barstte in snikken uit.

Ook ik voelde een brok in mijn keel. Ik zei: 'Mamma? Mamma?'

Ze tilde haar hoofd op en keek me met glinsterende, rode ogen aan. 'Wat is er?'

'Hij is dood, hè?'

Ze gaf me een draai om mijn oren en schudde me door elkaar alsof ik een lappenpop was. 'Er is niemand dood. Er is niemand dood. Begrepen?' Haar gezicht vertrok van verdriet en ze fluisterde: 'Je bent nog veel te klein...' Ze deed haar mond open en trok me dicht tegen zich aan.

Ik begon te huilen.

Nu huilden we allemaal.

Achter de deur schreeuwde de oude man iets.

Mamma hoorde hem en duwde me van zich af. 'Zo is het wel genoeg.' Ze droogde haar tranen af en gaf ons twee sneden brood. 'Eten.'

Maria zette haar tanden in het brood, maar kon niet slikken omdat ze schokte van het snikken. Mamma trok het brood uit haar handen.

'Geen honger? Jammer dan.' Ze pakte het bord. 'Ga liggen.' Ze trok de kussens weg en deed het licht uit. 'Als jullie last hebben van het lawaai stoppen jullie je hoofd er maar onder. Hup!' Ze duwde ze op ons hoofd.

Ik probeerde eronderuit te komen. 'Mamma, alsjeblieft, ik krijg geen lucht.'

'Doe wat ik zeg!' Ze gromde en duwde nog harder.

Maria was in alle staten, het leek wel of ze werd gekeeld.

'Hou op!' Mamma schreeuwde zo hard dat ze achter de deur heel even ophielden met ruziemaken. Ik was bang dat ze haar zouden slaan.

Maria werd stil.

Als we ons verroerden of als we iets zeiden, herhaalde mamma als een kapotte grammofoonplaat: 'Sssst, slapen.'

Ik deed net of ik sliep en hoopte dat Maria dat ook zou doen. Na een poosje kalmeerde die ook.

Mamma bleef een hele tijd zo zitten. Ik wist zeker dat ze wel de hele nacht bij ons had willen blijven, maar ze stond op. Ze dacht dat we sliepen. Ze deed de deur dicht en liep weg.

We trokken de kussens weg. Het was donker, maar de zwakke weerschijn van de straatlantaarn verlichtte de kamer. Ik stond op.

Maria ging zitten, zette haar bril op en vroeg, terwijl ze haar neus ophaalde: 'Wat doe je?'

Met een vinger tegen mijn lippen zei ik: 'Ssst.'

Ik hield mijn oor tegen de deur.

Ze zaten nog steeds te praten, nu wat zachter. Ik hoorde de stem van Felice, en die van de oude man, maar ik verstond geen woord. Ik probeerde door het sleutelgat te kijken maar zag alleen de muur.

Ik pakte de deurknop.

Maria beet in haar hand. 'Wat doe je nou? Ben je gek geworden?'

'Stil!' Ik zette hem op een kiertje.

Felice stond bij de keuken. Hij droeg een groene overal, de tot halverwege zijn ribben openstaande rits liet zijn geweldige borstspieren vrij. Hij had een starre blik in zijn ogen en zijn mond met melktandjes stond halfopen. Zijn haar was helemaal afgeschoren.

'Ik?' zei hij, terwijl hij een hand op zijn borst legde.

'Ja, jij,' knikte de oude man. Hij zat aan tafel, het ene been over het andere, een sigaret tussen zijn vingers en een sluwe glimlach om zijn lippen.

'Ik zou een mietje zijn, een pedo?' vroeg Felice.

De oude man knikte. 'Precies.'

Felice hield zijn hoofd scheef. 'En... en hoe ben je daar dan zogenaamd achter gekomen?'

'Dat zie je aan alles. Je bent een mietje. Niks aan te doen. En...' hij inhaleerde, 'weet je wat nog het ergste is?'

Felice fronste zijn wenkbrauwen, geïnteresseerd. 'Nee, wat dan?'

Ze leken wel twee vrienden die elkaar hun geheimen toevertrouwen.

De oude man drukte zijn peuk op het bord uit. 'Dat je het zelf niet weet. Dat is jouw probleem. Je bent als mietje geboren en je weet het niet. Zo jong ben je niet meer. Je bent toch niet achterlijk. Laat het eens tot je doordringen. Daar zou je van opknappen. Dan zou je doen wat alle mietjes doen, oftewel hem in je reet laten stoppen. In plaats daarvan loop je stoer te doen, als een echte kerel, maar alles wat je doet en zegt klinkt vals, onecht.'

Pappa stond ergens anders en leek het gesprek te volgen.

De barbier leunde tegen de deur alsof het huis van het ene moment op het andere kon instorten, en mamma, die op de bank zat, keek met lege ogen naar de televisie, waarvan het geluid uit stond. Om de lamp hing een wolk vliegjes die zwart en verschroeid op de witte borden vielen.

'Luister, luister nou, laten we hem teruggeven. Laten we hem teruggeven,' kwam pappa plotseling uit de hoek.

De oude man keek naar hem, schudde zijn hoofd en glimlachte: 'Jij houdt je koest, dat is veel beter.'

Felice keek naar pappa, toen liep hij naar de oude man. 'Ik mag dan een mietje zijn, maar jij bent een smerige Romein, en deze mag jij in je reet steken.' Hij haalde uit en gaf de man een stomp in het gezicht.

Die lag voor dood op de grond.

Ik deed twee stappen naar achteren en greep naar mijn haar. Felice had de oude man geslagen. Ik begon te bibberen en moest bijna overgeven, maar ik moest kijken, of ik wilde of niet.

In de keuken schreeuwde pappa: 'Wat doe je nou, verdomme? Ben je gek geworden?' Hij had Felice bij zijn arm gegrepen en probeerde hem weg te trekken.

'Hij zei dat ik een mietje ben, die klootzak...' Felice huilde bijna. 'Ik sla hem dood...'

De oude man lag op de grond. Ik had met hem te doen. Ik wilde hem wel helpen maar dat kon niet. Hij probeerde overeind te krabbelen maar zijn voeten gleden weg over de vloer en zijn armen hielden hem niet. Er droop bloed en speeksel uit zijn mond. De bril die hij altijd droeg lag nu onder de tafel. Ik kon mijn ogen niet van de magere, onbehaarde witte kuiten afhouden die onder zijn blauwe broek uit staken. Hij hield zich vast aan de tafelrand en trok zich langzaam op, tot hij stond. Hij pakte een servetje en drukte dat tegen zijn mond.

Mamma zat op de bank te huilen. De barbier stond tegen de deur genageld, alsof hij de duivel zelf had gezien.

Felice deed twee stappen naar de oude man, al probeerde mijn vader hem tegen te houden. 'Nou? Is dit volgens jou de vuist van een mietje? Ja? Nog één keer zeggen dat ik een mietje ben en je komt nooit meer overeind, dat zweer ik je.'

De oude man ging op een stoel zitten en bette met een servet zijn gescheurde lip. Toen hief hij zijn hoofd op, keek Felice strak aan en zei met vaste stem: 'Als je een kerel bent laat je dat maar eens zien.' In zijn ogen glom iets boosaardigs. 'Jij had gezegd dat je het zou doen en toen nam je opeens alles terug. Wat zei je ook al weer? Ik snij hem open als een lammetje. Geen probleem, ik ben niet bang. Ik ben parachutist. Ik zus en ik zo. Een grote mond, ja, een grote mond heb je wel. Je bent nog erger dan een hond, je kunt niet eens behoorlijk een jongetje bewaken.' Hij spuugde een klodder bloed op tafel.

'Klerelijer,' jankte Felice, terwijl hij pappa achter zich aan sleepte. 'Ik doe het niet. Waarom moet ik dat doen, hè?' Over alletwee zijn gladgeschoren wangen biggelden tranen.

'Help me! Help me nou!' schreeuwde pappa tegen Barbara's vader. De barbier wierp zich op Felice. Samen slaagden ze er nauwelijks in hem tegen te houden.

'Ik doe het niet, klootzak,' herhaalde Felice. 'Ik draai voor jou de bak niet in. Vergeet het maar!'

Nu slaat hij hem dood, zei ik tegen mezelf.

De oude man ging staan. 'Dan doe ik het. Maar als ik ga, ga jij mee, stuk onbenul. Daar kun je gif op innemen.'

'En waar naartoe dan wel, smerige Romein?' Felice stapte met vooruitgestoken kin naar voren. Samen met de barbier probeerde pappa hem tegen te houden, maar hij schudde ze af alsof ze schilfertjes roos waren en wierp zich weer op de oude man.

Die haalde zijn pistool uit zijn broek en zette hem op zijn voorhoofd. 'Sla me nog maar eens. Toe maar. Doe het dan, schiet op. Alsjeblieft, doe maar...'

Felice verstijfde alsof hij Annemaria koekoek speelde.

Pappa ging tussen hen in staan. 'Kalm aan, zo is het wel

genoeg! Jullie zijn allebei hufters.' Hij haalde ze uit elkaar.

'Doe maar.' De oude man stopte het pistool weer tussen zijn riem. Op Felices voorhoofd bleef een rood rondje achter.

Mamma zat in een hoekje te huilen en zei telkens, met haar hand voor haar mond: 'Zachtjes. Doe zachtjes. Doe nou zachtjes.'

'Waarom wil hij hem doodschieten?'

Ik draaide me om.

Maria was uit bed gekomen en stond achter me.

'Naar bed!' riep ik zachtjes naar haar.

Ze schudde van nee.

'Maria, ga naar bed.'

Mijn zusje klemde haar mond stijf dicht en schudde van nee.

Ik haalde uit en wilde haar een draai om haar oren geven, maar hield me in. 'Ga naar bed en probeer niet te huilen.'

Ze luisterde.

Intussen had pappa kans gezien beiden op hun stoel te krijgen. Maar hijzelf bleef heen en weer lopen, met glanzende ogen waarin een vleugje waanzin blonk.

'Zo is het genoeg. Laten we alles eens op een rijtje zetten. Met hoeveel zijn we? Van alle lui die meededen zijn er uiteindelijk maar vier over. De grootste stommelingen. Des te beter. Wie verliest maakt hem af. Makkelijk zat.'

'En krijgt levenslang,' zei de barbier, terwijl hij een hand op zijn voorhoofd legde.

'Goed idee.' De oude man klapte in zijn handen. 'Ik begrijp dat we ons verstand beginnen te gebruiken.'

Pappa pakte een doosje lucifers en liet het iedereen zien. 'Kijk. We doen een spelletje. Kennen jullie dat, strootje trekken...?'

Ik deed de deur dicht.

Ik kende dat spelletje wel.

In het donker vond ik mijn T-shirt en mijn lange broek en trok ze aan. Waar waren mijn sandalen gebleven?

Maria lag op bed naar me te kijken. 'Wat ben je aan het doen?'

'Niks.' Ze stonden in de hoek.

'Waar ga je naartoe?'

Ik trok ze aan. 'Ergens.'

'Weet je dat je gemeen bent, hartstikke gemeen.'

Ik klom op het bed en vandaar op de vensterbank.

'Wat doe je?'

Ik keek omlaag. 'Ik ga naar Filippo.' Pappa had de Lupetto gelukkig onder ons raam geparkeerd.

'Wie is Filippo?'

'Een vriendje.'

Het was hoog en het zeildoek was vergaan. Pappa zei altijd dat hij een nieuw moest kopen. Als ik er met mijn voeten op terechtkwam zou het scheuren en dan zou ik in de laadbak belanden.

'Als je dat doet zeg ik het tegen mamma.'

Ik keek haar aan. 'Stil maar. De vrachtwagen staat er. Jij slaapt. Als mamma komt...' Wat zou ik tegen haar zeggen? 'Zeg maar... Zeg maar wat je wilt.'

'Maar ze wordt woedend.'

'Geeft niet.' Ik sloeg een kruis, hield mijn adem in, deed een stap naar voren en liet me met mijn armen wijd vallen.

Ik kwam op mijn buik terecht, midden op het doek, zonder één schrammetje. Het hield.

Maria stond voor het raam. 'Kom gauw terug, alsjeblieft.'

'Ik ben zo terug. Wees maar niet bang.' Ik klom op de bestuurderscabine en vandaar op de grond.

De weg was donker, net als de sterrenloze nacht. De huizen waren onverlicht en stil. De enige verlichte ramen waren van ons huis. De lantaarn bij de pomp was in een hele wolk vliegjes gehuld.

De hemel was opnieuw bewolkt en Acqua Traverse lag

onder een een dikke, zwarte lijkwade van duisternis. Daar moest ik doorheen om bij de boerderij van Melichetti te komen.

Ik moest al mijn moed bij elkaar rapen.

Tiger Jack, denk aan Tiger Jack.

De indiaan zou me helpen. Voordat ik iets deed moest ik bedenken wat de indiaan in mijn plaats zou hebben gedaan. Dat was het geheim.

Ik rende naar de achterkant van het huis om mijn fiets te pakken. Mijn hart klopte in mijn keel.

Red Dragon lag brutaal en felgekleurd op de Scassona.

Ik stak mijn hand al uit maar toen vroeg ik aan mezelf of ik gek geworden was. Wat moest ik met dat stomme ding?

Op mijn oude Scassona vloog ik over de weg.

Ik spoorde mezelf aan. 'Schiet op, Tiger, schiet op.'

Alles om me heen was inktzwart. De weg kon ik bijna niet zien maar als ik hem niet echt zag, zag ik hem wel in mijn verbeelding. Af en toe viel het zwakke schijnsel van de maan door de gewatteerde wolkendeken die de hemel bedekte en dan zag ik heel even de velden en de zwarte omtrekken van de heuvels aan weerskanten van de weg.

Ik klemde mijn tanden op elkaar en telde de keren dat ik trapte.

Een, twee, drie, adem...

Een, twee, drie, adem...

Mijn banden knerpten over de steenslag. De wind sloeg als een warme dweil in mijn gezicht.

De schrille kreet van een uil, het blaffen van een hond in de verte. Het was stil. Toch hoorde ik hun gefluister in het donker.

Ik stelde me voor dat ze langs de weg stonden, kleine wezentjes met vossenoren en rode ogen, die naar me keken en over me praatten.

'Kijk! Kijk! Een jongetje!'

'Wat doet die hier midden in de nacht?'

'Laten we hem pakken!'

'Ja, ja ja, een lekker hapje... We pakken hem!'

En daarachter waren de bazen van de heuvels, de reuzen van aarde en halmen die me achtervolgden en alleen maar wachtten tot ik van de weg af raakte om me te grijpen en te begraven. Ik hoorde ze ademen. Ze maakten hetzelfde geluid als de wind in het graan.

Het geheim was midden op de weg blijven, maar ik moest op alles voorbereid zijn.

Lazarus was nergens bang voor.

Je zult hem wel zien, zei ik tegen mezelf.

's Nachts gaf Lazarus licht. Hij knipperde aan en uit, net als het uithangbord bij café La Perla di Lucignano. Als hij aanging zag je de mieren door zijn aderen lopen. Hij kwam niet snel vooruit, dat wist ik zeker, en als hij begon te rennen viel hij in stukken. Als ik hem maar voorbijreed zonder te stoppen, zonder vaart te minderen.

'Filippo, ik kom eraan... Filippo... ik kom...' herhaalde ik, naar adem happend van vermoeidheid.

Terwijl ik naar de boerderij reed kroop er een nieuwe, nog verstikkender angst in me omhoog. Al mijn nekharen stonden overeind, als dennennaalden.

De varkens van Melichetti.

De bazen van de heuvels en hun hele gezelschap joegen me de stuipen op het lijf, maar ik wist dat ze niet bestonden, dat ik ze zelf bedacht, dat ik er met niemand over kon praten omdat ze me zouden uitlachen. Maar over die varkens kon ik zonder probleem praten want die bestonden echt en hadden altijd honger.

Naar rauw vlees.

'Die teckel probeerde weg te komen maar de varkens gaven hem geen schijn van kans. In twee minuten verslonden.' Dat had de Doodskop gezegd.

Misschien liet Melichetti ze 's nachts wel los. Reusachtig groot en vals, met vlijmscherpe tanden en hun snuit in de lucht gestoken, slopen ze om de boerderij heen.

Hoe verder ik bij die beesten uit de buurt bleef hoe beter.

In de verte verscheen een zwak licht in het donker.

De boerderij.

Ik was er bijna.

Ik remde. De wind was gaan liggen. Het was bladstil en warm. Uit het ravijn, vlakbij, klonk het geluid van krekels. Ik stapte van mijn fiets en gooide hem in de braamstruiken langs de weg.

Je zag geen hand voor ogen.

Ik liep snel door, haalde nauwelijks adem en keek voortdurend over mijn schouder. Ik was bang dat een of ander monster zijn scherpe klauwen in mijn nek zou zetten. Nu ik liep hoorde ik van alles. Geritsel, doffe klappen, vreemde geluiden. Om me heen een dichte zwarte massa die zich tegen de weg aan drong. Ik likte langs mijn droge lippen, proefde een vieze smaak in mijn mond. Mijn hart klopte in mijn keel.

Ik zette mijn sandaal op iets glibberigs, sprong achteruit, gaf een gesmoorde kreet en kwam op de grond terecht, waarbij ik mijn knie schaafde.

'Wie is daar, wie is daar,' stotterde ik, en hurkte in elkaar in de verwachting dat ik de branderige, geleiachtige tentakels van een kwal om me heen zou voelen.

Twee doffe bonzen en een 'Kwaak, kwaak, kwaak'.

Een pad! Ik had op een pad getrapt! Die stommeling was midden op de weg gaan zitten.

Ik stond op en vervolgde hinkend mijn weg naar het lichtje.

Ik had zelfs geen zaklantaarn meegenomen. Die had ik uit pappa's vrachtwagen kunnen pakken.

Toen ik bij de afrastering kwam, verstopte ik me achter een boom.

Het huis lag zo'n honderd meter ver. De ramen waren donker. Er hing alleen een lampje naast de voordeur, dat een deel van de afgebladderde muur en de verroeste schommelstoel bescheen.

Iets verderop, in het donker, lagen de varkenskotten. Zelfs hier rook ik de weerzinwekkende stank van hun uitwerpselen al.

Waar kon Filippo zijn?

In het ravijn, had Salvatore gezegd. Ik was 's winters een paar keer met pappa in die lange, smalle kloof geweest om paddestoelen te zoeken. Een en al stenen, holen en rotswanden.

Als ik over de akkers liep kwam ik bij de rand van het ravijn en vandaar kon ik helemaal omlaag zonder te dicht bij het huis te komen.

Een goed plan.

Ik stak de akker rennend over. Het graan was al gemaaid. Overdag zouden ze me zo, zonder de aren, zeker hebben gezien, maar nu, zo zonder maan, was het veilig.

Aan de rand van de kloof stond ik stil. Beneden was het zo donker dat ik geen flauw benul had hoe steil de rotswand was, en of het glad was en of er uitsteeksels waren.

Ik vervloekte mezelf opnieuw omdat ik geen zaklantaarn had meegenomen. Hier kon ik niet naar beneden. Dan liep ik het risico dat ik verkeerd terechtkwam.

Het enige dat erop zat was dichter naar het huis gaan, op die hoogte was de kloof ondieper en was er een paadje tussen de rotswanden omlaag. Maar daar waren ook de varkens.

Het zweet brak me uit.

'Varkens hebben de beste reuk van de hele wereld, heel wat beter dan jachthonden,' zei de vader van de Doodskop, die jager was.

Ik kon daar niet langs. Ze zouden me ruiken.

Wat zou Tiger Jack in mijn plaats doen?

Hij zou erop afgaan. Hij zou ze met zijn Winchester afmaken en omtoveren tot worsten die hij samen met Tex en Zilverbaard boven een vuur zou roosteren.

Nee. Dat was zijn stijl niet.

Wat zou hij dan doen?

Denk na, zei ik tegen mezelf, denk goed na.

Hij zou proberen zijn mensenlucht kwijt te raken, dat zou hij doen.

Als indianen op buffeljacht gingen, smeerden ze zich in met vet en sloegen ze huiden om. Ja, dat was wat ik moest doen. Ik moest me met aarde insmeren. Nee, niet met aarde, met stront. Nog beter. Als ik naar stront stonk zouden ze me niet in de gaten hebben.

Ik ging zo dicht mogelijk naar het huis maar bleef in het donker.

De stank werd heviger.

Onder de krekels door hoorde ik ook iets anders. Muziek. Pianoklanken en een hese stem die zong: 'Het water is ijskoud, en niemand kan mij redden. Ik ben van het schip gevallen, terwijl er aan boord werd gedanst. En golf na golf...'

Kon Melichetti zingen?

Er zat iemand in de schommelstoel. Naast hem op de grond stond een radio. Het was óf Melichetti óf zijn manke dochter.

Ik bleef een tijdje zitten kijken, weggedoken achter oude tractorbanden.

Het leek wel een dode.

Ik kwam nog dichterbij.

Het was Melichetti.

Zijn magere hoofd leunde tegen een smerig kussen, zijn mond hing open en zijn dubbelloops lag op zijn knieën. Hij snurkte zo hard dat ik hem van waar ik zat kon horen.

De weg was vrij.

Ik verliet mijn schuilplaats en zette een paar stappen, tot het venijnige blaffen van een hond de stilte verscheurde. Heel even verstomden ook de krekels.

De hond! Ik was de hond vergeten!

Twee rode ogen bewogen razendsnel door het donker. Hij

rukte aan de ketting en blafte alsof hij werd gewurgd.

Ik dook voorover tussen de stoppels.

'Wat is er? Wat heb je? Wat is er aan de hand?' vloog Melichetti overeind. Hij zat op de schommelstoel en draaide zijn hoofd naar alle kanten, als een uil. 'Tiberio! Koest! Hou je kop, Tiberio!'

Maar het beest hield niet op met blaffen. Toen rekte Melichetti zich uit, deed zijn orthopedische neksteun om, stond op, zette de radio uit en deed zijn zaklantaarn aan.

'Wie daar? Wie daar? Is daar iemand?' schreeuwde hij naar het donker, en maakte een paar lusteloze rondjes over het erf, de dubbelloops onder zijn arm, met de lichtbundel om zich heen schijnend. Scheldend kwam hij terug: 'Hou op met die herrie. Er is niemand.'

Het beest ging plat op de grond liggen en begon tussen zijn tanden door te grommen.

Melichetti liep het huis in en gooide de deur achter zich dicht.

Ik bleef zo ver mogelijk bij de hond vandaan en kroop naar de varkenskotten. In het donker zag ik de vierkante omtrekken van de schotten. De scherpe stank werd steeds heviger en kriebelde in mijn mond.

Ik moest me camoufleren. Ik trok mijn truitje en mijn korte broek uit. In mijn onderbroek stak ik mijn handen in de met pis doordrenkte grond en met opgetrokken neus smeerde ik mijn bovenlijf, mijn armen, mijn benen en mijn gezicht met die walgelijke drek in.

'Schiet op, Tiger. Vlug, niet stilstaan,' fluisterde ik, en begon te kruipen. Dat viel niet mee. Ik zakte met mijn handen en mijn knieën in de blubber.

De hond begon weer te blaffen.

Toen was ik opeens tussen twee schotten. Voor me lag een gang van minder dan een meter breed, die in het donker verdween.

Ik hoorde ze. Ze waren er. Ze maakten diepe keelgeluiden die wel iets hadden van het grommen van een leeuw. In het donker voelde ik hun kracht. De hele kudde kwam tegelijk in beweging en ze stampten op de grond en de tralies trilden onder hun gewicht.

Doorgaan, niet omkijken, beval ik mezelf.

Ik bad dat mijn wapenrusting van stront zou werken. Als een van die beesten zijn snuit door de tralies stak, kon hij me in één hap een been afbijten.

Ik zag het einde van de schotten al toen er plotseling een hevig gestamp en geknor klonk, alsof ze aan het vechten waren.

Ik moest kijken, of ik wilde of niet.

Op een meter afstand keken twee boosaardige gele ogen me aan. Achter die kleine lampjes zaten natuurlijk honderden kilo's spieren en vlees en haren en nagels en slagtanden en honger.

We staarden elkaar een eindeloos durend ogenblik aan, toen maakte het beest een onverhoedse beweging en wist ik zeker dat het de omheining omver zou gooien.

Ik schreeuwde, sprong overeind en rende weg, uitglijdend in de gier, stond weer op, zette het met mijn mond open weer op een lopen, in het donker, mijn vuisten wanhopig dichtknijpend, en opeens vloog ik door de lucht, mijn hart schoot in mijn keel en er vlamde een felle pijnscheut door mijn verkrampte ingewanden .

Ik was over de rand van de kloof gevallen en tuimelde de leegte in.

Een meter lager kwam ik in de takken van een olijf terecht, die schuin uit de steile rotsen groeide en waarvan de kruin boven de afgrond hing.

Ik klampte me aan een tak vast. Als die boom er niet was geweest om als een geschenk uit de hemel mijn val te breken, was ik op de rotsen te pletter gevallen. Net als Francesco.

De maan gluurde door een kleine opening in de loodgrijze wolken en onder me zag ik die langgerekte scheur in het landschap.

Ik probeerde me om te draaien, maar de stam boog mee, als bamboe. Straks breekt hij, zei ik tegen mezelf. Dan lig ik met boom en al beneden.

Mijn armen en benen trilden en bij elke beweging had ik het gevoel dat ik wegleed. Toen ik eindelijk de rotswand met mijn vingers raakte haalde ik weer adem. Ik klom omhoog, naar de rand van het ravijn.

Het was diep en liep verscheidene honderden meters door naar links en naar rechts. Ik zag overal alleen maar gaten, rotsspleten en bomen.

Filippo kon overal zijn.

Rechts van me begon een paadje dat bijna loodrecht tussen de witte rotsen verdween. Er was een paal in grond geslagen, waar een versleten touw aan vastzat dat Melichetti moest helpen om beneden te komen. Ik pakte het stevig vast en volgde het steile pad. Na een paar meter kwam ik bij een richel die vol mest lag. Hij was omheind door een afrastering van aan elkaar gebonden takken. Aan een rotspunt hingen kleren, touwen en zeisen. Een stukje verderop stonden houten palen tegen elkaar. Aan een wortel die uit de grond stak waren drie kleine en een grote geit vastgebonden. Ze keken me strak aan.

Ik zei: 'Zeg liever waar Filippo is in plaats van me zo stom aan te staren.'

Hoog uit de hemel viel een stille, zwarte schaduw op me, die rakelings over me heen gleed; ik hield mijn handen boven mijn hoofd.

Een steenuil.

Hij steeg weer op, verdween in het donker, toen dook hij opnieuw naar de richel, waarna hij terugvloog naar de hemel.

Vreemd, dat waren geen agressieve vogels.

Waarom viel deze me dan aan?

'Ik ga al, ik ga al,' fluisterde ik.

Het pad liep door en me vasthoudend aan het touw klom ik omlaag. Ik moest gebukt lopen en met mijn handen voelen welke obstakels er op mijn weg waren, zoals blinden doen. Toen ik op de bodem van de kloof was bleef ik met open mond staan. Alle muizendoorns, distels, aardbeienbomen, het mos en de rotsen wemelden van de lichtgevende stipjes die aan en uit floepten, als piepkleine lampjes in de nacht. Glimwormpjes.

De wolken werden wat dunner en de halve maan kleurde het ravijn zachtgeel. De krekels sjirpten. Melichetti's hond blafte niet meer. Diepe rust.

Voor me stond een bosje olijven en daarachter, in de andere wand van de kloof, gaapte een nauwe spleet in de rotswand.

Er steeg een zurige lucht uit op, van mest. Ik liep een klein stukje naar binnen en hoorde geschuifel en geblaat. Een heel tapijt van schapen. Ze hadden ze achter kippengaas in de grot opgesloten. Ze stonden op elkaar als sardientjes in een blik. Daar was geen plaats voor Filippo.

Ik liep weer naar de andere wand, maar vond nergens gaten of holen waar je een jongetje in kon verstoppen.

Toen ik me uit het raam had laten vallen was het niet in me opgekomen dat ik hem misschien niet zou vinden. Ik hoefde alleen maar door het donker, en zorgen dat ik niet werd opgevreten door de varkens, en dan had ik hem.

Dat was niet zo.

Dat ravijn was vreselijk lang en ze konden Filippo best naar een ander gedeelte hebben gebracht.

De moed zonk me in de schoenen. 'Filippo, waar zit je?' riep ik. Maar wel heel zachtjes. Melichetti kon me horen. 'Geef antwoord! Waar zit je? Geef antwoord!'

Niks.

Alleen een steenuil gaf antwoord. Hij maakte een raar geluid. 'Vanmij, vanmij, vanmij.' Het was vast dezelfde die me daarnet had aangevallen.

Het was niet eerlijk. Ik had die hele weg gereden, ik had mijn leven voor hem gewaagd en hij was nergens te vinden. Ik begon tussen de rotsen en de olijven heen en weer te ren-

nen, in het wilde weg, terwijl ik werd overmand door wan-
hoop.

Uit woede raapte ik een tak van de grond en begon ermee tegen een rotsblok te slaan tot mijn handen bijna ont-
veld waren. Toen ging ik zitten. Ik schudde mijn hoofd en
probeerde de gedachte dat het allemaal voor niks was te ver-
dringen.

Ik was als een idioot het huis uit gevlucht.

Pappa was natuurlijk witheet. Hij zou me helemaal in elkaar trappen.

Ze hadden vast al gemerkt dat ik niet in mijn slaapkamer
was. En ook als ze dat niet hadden gemerkt, zouden ze zo
meteen hierheen komen om Filippo dood te maken.

Pappa en die oude man voorin, Felice en de barbier achterin. Op topsnelheid, in het donker, in de grijze auto met
het vizier op de motorkap, met de wielen de padden ver-
pletterend.

Michele, waar wacht je op? Kom naar huis, beval Maria's
stem.

'Ik kom al,' zei ik.

Ik had gedaan wat ik kon en hij was nergens te vinden.
Daar kon ik niks aan doen.

Ik moest maken dat ik wegkwam, ze konden elk moment
hier zijn.

Als ik hard doorreed, zonder stil te staan, was ik misschien
al thuis voordat ze wegreden. Dan zou niemand iets merken. Dat zou mooi zijn.

Ik klom vliegensvlug over de rotsen omhoog, langs dezelfde weg terug. Nu er wat licht was ging dat gemakkelij-
ker.

De steenuil. Hij zweefde boven de richel, en toen hij voor
de maan langs vloog zag ik zijn zwarte silhouet, zijn korte,
brede vleugels.

'Wat wil je dan?' Ik rende over de richel, langs de geiten,
en de vogel dook weer omlaag. Ik liep door en draaide me
om, om naar die rare steenuil te kijken.

Hij bleef maar boven die richel cirkelen. Hij scheerde over de stapel palen die tegen de rotswand stonden, maakte een bocht en kwam weer terug, die stijfkop.

Waarom deed hij dat eigenlijk? Zat er een rat? Nee. Wat dan?

Zijn nest!

Natuurlijk, zijn nest, zijn jongen.

Ook zwaluwen blijven maar rondjes vliegen als je hun nest weghaalt, tot ze doodgaan van uitputting.

Ze hadden het nest van die steenuil afgesloten. En steenuilen maken hun nesten in holen.

Holen!

Ik liep terug en begon de tegen elkaar gestapelde palen weg te halen, terwijl de steenuil over mijn hoofd scheerde. 'Wacht maar, wacht maar,' zei ik.

Bijna onzichtbaar zat er een opening in de rotswand. Een ovale opening, zo groot als het wiel van een vrachtwagen.

De steenuil glipte naar binnen.

Het was zo zwart als pek. En er hing een lucht van verbrand hout en as. Ik wist niet hoe diep het was.

Ik stak mijn hoofd erin en riep: 'Filippo?'

De echo van mijn eigen stem gaf antwoord.

'Filippo?' Ik stak mijn hoofd nog verder naar voren. 'Filippo?'

Ik wachtte. Geen geluid.

'Filippo, hoor je me?'

Hij was er niet.

Hij is er niet. Vlug, naar huis, herhaalde de stem van mijn zusje.

Ik had drie stappen gezet toen ik dacht dat ik een kreetje hoorde, een dof gekreun.

Ik liep terug en stak mijn hoofd weer in het gat.

'Filippo, Filippo, ben je daar?'

Uit het gat klonk 'Mmmmm, mmmm!'

'Filippo, ben jij dat?'

'Mmmmm!'

Hij was het!

Er viel een pak van mijn hart, ik leunde tegen de rotswand en gleed op de grond. Zo bleef ik zitten, helemaal slap op die richel vol geitenkeutels, met een glimlach om mijn mond.

Ik had hem gevonden.

Ik voelde tranen opkomen en veegde mijn ogen met mijn handen af.

'Mmmmm!'

Ik stond op. 'Ik kom, ik kom zo. Zie je wel? Ik ben toch gekomen, ik heb woord gehouden. Zie je wel?'

Een touw. Ik vond er een, opgerold naast de zeisen. Ik bond het om de wortel waar de geiten aan vastzaten en gooide het in het gat. 'Daar ben ik.'

Ik liet me zakken. Mijn hart klopte zo hevig dat mijn borst en mijn armen trilden. Het donker maakte me duizelig. Ik kreeg geen lucht. Ik had het gevoel dat ik in de olie zwom en dat het koud was.

Ik was nog geen twee meter gezakt toen ik de grond raakte. Het lag er vol palen, stukken hout, opgestapelde tomatenkisten. Kruipend, mijn handen vooruitstekend, tastte ik het donker af. Ik was bloot en bibberde van de kou.

'Filippo, waar ben je?'

'Mmmm!'

Ze hadden zijn mond dichtgeplakt.

'Ik ben...' Mijn voet zat beklemd tussen de takken, ik gleed uit en viel met mijn armen naar voren op een bos brandhout vol dorens. Door mijn enkel schoot een felle pijnscheut. Ik schreeuwde het uit en er kwam een bitterzure golf gal mee omhoog. Over mijn rug gleed een ijskoude huivering en mijn oren gloeiden.

Met trillende handen trok ik mijn beklemde voet los. De pijn kwam vanbinnen uit de enkel. 'Ik denk dat ik mijn enkel heb verstuikt,' kreunde ik. 'Waar ben je?'

'Mmmm!'

Ik sleepte mezelf met mijn tanden op elkaar in de richting van het gekreun en vond hem. Hij lag onder het brandhout. Ik haalde het van hem af en liet mijn handen over hem heen glijden. Hij lag op de grond. Bloot. Zijn armen en benen waren met tape aan elkaar gebonden.

'Mmmm!'

Ik streek over zijn gezicht. Ook over zijn mond zat plakband.

'Je kunt niks zeggen. Wacht maar, ik haal het eraf. Dat doet misschien een beetje pijn.'

Ik trok de tape weg. Hij schreeuwde niet, maar begon naar adem te happen.

'Hoe is het?'

Hij zei niks.

'Filippo, hoe is het, zeg eens wat.'

Hij hapte naar adem, net als de brak die door de slang was gebeten.

'Ben je ziek?'

Ik raakte zijn borst aan. Die ging veel te snel op en neer.

'Nu moeten we weg. Kom op. Wacht.'

Ik probeerde zijn polsen en zijn enkels los te maken. Het zat strak. Ten slotte begon ik de tape wanhopig met mijn tanden door te zagen. Eerst bevrijdde ik zijn handen en toen zijn voeten.

'Zo, klaar. Kom op.' Ik pakte zijn arm. Maar zijn arm viel krachteloos terug. 'Ga alsjeblieft staan, we moeten weg, ze komen zo.' Ik probeerde hem op te hijsen maar hij zakte als een ledenpop in elkaar. Er zat geen kruimeltje energie meer in dat uitgeputte lijf. Hij was alleen maar niet dood omdat hij nog ademhaalde. 'Ik kan je niet naar boven dragen. Mijn been doet pijn. Alsjeblieft, Filippo, help nou mee...' Ik pakte hem onder zijn armen. 'Kom op, kom op.' Ik zette hem op zijn achterste, maar zodra ik hem losliet zakte hij op de grond in elkaar. 'Wat moet ik doen? Weet je niet dat ze je doodschieten als je hier blijft?' Er zat een prop in mijn keel. 'Zo ga je dood, stommerd, vuile stommeling. Ik ben helemaal hierheen gekomen voor jou, ik heb woord gehouden, en jij... en jij...' Ik barstte in tranen uit en schokte van het snikken. 'Je... moet... opstaan... stommeling, stommeling... je bent stom...' Ik probeerde het nog eens en nog eens, ik gaf niet op, maar hij liet zich in de as vallen, met zijn hoofd helemaal opzij, als een dooie kip. 'Sta op, sta op!' schreeuwde ik, en begon hem te stompen.

Ik wist niet wat ik moest doen. Ik hurkte in elkaar, met mijn hoofd op mijn knieën. 'Je bent nog niet dood, dat weet je toch?' Zo bleef ik zitten huilen. 'Dit is het paradijs niet.'

Hij hield heel even op met hijgen en fluisterde iets.

Ik hield mijn oor bij zijn mond. 'Wat zei je?'

Fluisterend: 'Het gaat niet.'

Ik schudde hem door elkaar. 'Hoezo gaat het niet.'

'Het gaat niet, echt niet.'

'Het gaat best. Kom op.'

Hij zei niks meer. Ik sloeg mijn armen om hem heen. Vol modder lagen we daar te rillen van de kou. Er was niets meer aan te doen. Ik kon zelf ook niet meer. Ik was doodmoe, uitgeput, mijn enkel klopte als een bezetene. Ik deed mijn ogen dicht, mijn hart sloeg iets rustiger en zonder het te willen viel ik in slaap.

Ik deed mijn ogen weer open.

Het was donker. Heel even dacht ik dat ik thuis was, in mijn bed.

Toen hoorde ik de hond van Melichetti blaffen, en stemmen.

Ze waren er.

Ik schudde hem door elkaar. 'Filippo! Filippo, daar zijn ze. Ze willen je doodmaken. Opstaan.'

Hij hijgde. 'Het gaat niet.'

'Ja, wel. Wedden?' Ik ging op mijn knieën zitten en duwde hem met mijn handen naar voren, tussen de takken door, en trok me niks van de pijn aan. De mijne, de zijne. Ik moest hem uit dat gat krijgen. De takkenbossen schramden me maar ik bleef duwen, met mijn tanden op elkaar geklemd, tot onder het gat in de rotswand.

De stemmen waren al dichtbij. Over de takken van de bomen flitste een lichtstraal.

Ik pakte hem onder zijn armen. 'Nu moet je gaan staan. Je moet. Verder niks.' Ik trok hem overeind en hij klemde zich om mijn nek. Hij bleef staan. 'Zie je wel, stommeling, zie je wel dat je kunt staan, hè? Maar nu moet je naar boven. Ik duw je wel omhoog maar jij moet je aan de rand vastpakken.'

Hij begon te hoesten. Het leek wel of er in zijn borst stenen over elkaar knarsten. Toen hij eindelijk ophield schudde hij zijn hoofd en zei hij: 'Ik ga niet zonder jou.'

'Wat?'

'Ik ga niet zonder jou.'

Ik sloeg mijn armen om hem heen alsof hij een marionet was. 'Doe niet zo stom. Ik kom zo.'

Ze waren er kennelijk. De hond blafte boven mijn hoofd. 'Nee.'

'Je gaat wel, begrepen?' Als ik hem losliet zakte hij op de grond. Ik sloeg mijn armen om hem heen en duwde hem omhoog. 'Pak het touw nou.'

Ik voelde dat hij iets lichter werd. Hij had het! Eindelijk had die stommeling het touw vast! Hij trok zich op en zette zijn voeten op mijn schouders.

'Nu geef ik je een zetje, maar jij moet met je armen blijven trekken, ja? Niet loslaten.'

Ik zag hoe zijn kleine hoofd werd beschenen door het bleke licht in het gat.

'Je bent er. Trek je op.'

Hij probeerde het. Ik voelde hoe hij het vergeefs probeerde. 'Wacht, ik help je wel,' zei ik, terwijl ik hem bij zijn enkels pakte. 'Ik geef je een zet en jij laat je op de rand vallen.' Ik zette af en met mijn tanden op elkaar gooide ik hem omhoog, en ik zag hem verdwijnen, opgeslokt door het gat. Op dat moment voelde ik hoe iets als een lange, scherpe spijker vanuit mijn enkel door merg en been schoot, en een felle pijnscheut die vanuit mijn voet naar mijn buik trok, en toen zakte ik in elkaar.

'Michele, Michele, ik ben er. Kom!'

Ik boerde, er kwam een zurige lucht naar boven. 'Ik kom al. Ik kom zo.'

Ik probeerde op te staan maar mijn been reageerde niet. Ik probeerde vanaf de grond het touw te pakken, maar dat ging niet.

De stemmen klonken steeds dichterbij. Het geluid van voetstappen.

'Kom je, Michele?'

'Ik kom zo.'

Ik was duizelig en ging op mijn knieën zitten, ik kreeg mezelf niet meer overeind.

'Filippo, ga weg,' zei ik.

Hij keek over de rand. 'Kom nou.'

'Het gaat niet. Mijn been. Weg jij.'

Hij schudde zijn hoofd. 'Nee, ik ga niet.' Het licht achter zijn rug werd feller.

'Ga weg. Ze zijn er. Ga weg.'

'Nee.'

'Je moet weg. Alsjeblieft, ga nou!'

'Nee.'

Ik brulde en smeekte: 'Ga weg, ga nou weg! Als je niet weggaat maken ze je dood, snap dat dan!'

Hij begon te huilen.

'Ga weg. Schiet op. Alsjeblieft, doe het nou. Ga nou... en niet stilstaan. Nooit stilstaan. Nooit. Verstop je!' Ik viel op de grond.

'Het gaat niet,' zei hij. 'Ik ben bang.'

'Nee, je bent niet bang. Je bent niet bang. Er is niks om bang voor te zijn. Verstop je.'

Hij knikte en verdween. Op de grond geknield begon ik in het donker naar het touw te zoeken, ik voelde het heel even maar was het meteen weer kwijt. Ik probeerde het nog eens, maar het hing te hoog.

Door het gat zag ik pappa. In zijn ene hand had hij een pistool, in de andere een zaklantaarn.

Hij had verloren.

Zoals gewoonlijk.

Het licht verblindde me. Ik deed mijn ogen dicht.

'Pappa, ik ben het, Miche...'

Toen werd alles wit.

Ik deed mijn ogen open.

Mijn been deed pijn. Niet het been van eerst. Het andere. De pijn was een klimplant. Prikkeldraad dat door mijn buik kronkelde. Iets dat me overspoelde. Rood. Een dijkdoorbraak.

Niets kan een gat in een dijk nog dichten.

Uit de verte klonk geronk. Metaalachtig geronk dat aanzwol en alles overstemde. Het bonsde in mijn oren.

Ik was nat. Ik raakte mijn been aan. Ik was helemaal bedekt met iets warms en kleverigs.

Ik wil niet dood. Ik wil niet.

Ik deed mijn ogen open.

Om me heen een wervelwind van stro en lampen.

Er was een helikopter.

En pappa was er. Hij hield me in zijn armen. Hij zei iets maar ik verstond het niet. Zijn haar glansde, bewogen door de wind.

De lampen verblindden me. Uit het donker doemden zwarte wezens en honden op. Ze kwamen naar ons toe.

De bazen van de heuvel.

Pappa, ze komen, weg, weg!

Overstemd door het geronk ging mijn hart als een bezetene tekeer.

Ik gaf over.

Weer deed ik mijn ogen open.

Pappa huilde. Hij aaide me, zijn handen waren rood.

Er kwam een donkere gestalte op ons af. Pappa keek naar hem.

Pappa, je moet weg.

In al het lawaai zei pappa: 'Ik herkende hem niet. Help

me, alsjeblieft, het is mijn zoon. Hij is gewond, ik wist niet...'

Toen was het weer donker.

Pappa was er.

En ik was er.